文人的情怀

中国文化演讲录

熊召政 著

陕西师范大学出版总社

图书代号：WX14N1821

图书在版编目（CIP）数据

文人的情怀/熊召政著.—西安：陕西师范大学出版总社有限公司，2015.1（2016.2重印）
ISBN 978-7-5613-8032-1

Ⅰ．①文…　Ⅱ．①熊…　Ⅲ．①散文集－中国－当代　Ⅳ．①I267

中国版本图书馆CIP数据核字(2014)第297709号

文人的情怀——中国文化演讲录

著　　者 /	熊召政
选题策划 /	刘东风
责任编辑 /	郭永新　杜伟宣
责任校对 /	王丽敏
出版发行 /	陕西师范大学出版总社
	西安市长安南路199号　（邮政编码　710062）
网　　址 /	http://www.snupg.com
印　　刷 /	西安市建明工贸有限责任公司
开　　本 /	787mm×1092mm　1/16
印　　张 /	14.25
插　　页 /	2
字　　数 /	148千
版　　次 /	2015年1月第1版
印　　次 /	2016年2月第2次印刷
书　　号 /	ISBN 978-7-5613-8032-1
定　　价 /	35.00元

读者购书、书店添货或发现印刷装订问题，请与本社营销部联系、调换。
电　　话：（029）85307864　85251046（传真）

目录

中国传统文化的继承与创新	1
文人的情怀	23
明代监察制度对后世的影响	53
鄂东人文高地的历史脉络	76
历史中的大荆州	97
海南与明代历史文化	118
从太极图说中国传统文化	129
我做文字工作的几点体会	136
我对「仁」的理解	150
正觉的法脉	165
让我们梦想成真	168
文化竞争力与文化认同	171
荆楚大地上的儒释道传统	176
从「生态」这个词说起	179
旧体诗词与当代生活	184
长江与伏尔加河上的文学波涛	189
张居正变法对当今的启示	200

中国传统文化的继承与创新

各位朋友，今天我给大家讲述的题目是《中国传统文化的继承与创新》。我要讲的内容分三个方面：一，什么是我们的传统文化；二，文化传承的时代脉络；三，传统文化的创新能力。

现在先讲第一个问题：什么是我们的传统文化。

首先要弄清楚，什么是我们的传统文化。从广义上说，中国人的生活习惯、风俗礼仪、典章制度、诗词歌赋、琴棋书画等等，都属于我们传统文化的范畴。今天我们所讲的内容，无论是精神，还是物质方面的，都逃不脱文化的范畴。如果要讲得更直接一些，可以用"风气""风俗""风情""风尚"这"四风"来规范我们整个精神和物质的生活。

美国《大趋势》的作者说过一句话：风气自上而下。我在后面补充一句：风俗自下而上。"风气"可以说是站在高处，以高屋建瓴的方式影响着我们，它主导着时代，对我们民间生活产生了巨大的影响，这种影响就叫风气。还有一种影响叫"风俗"。中国是一个礼仪社会，我们民间的风俗很多，包括办喜事、办丧事等等都是有规矩的。每一种礼仪的形成就叫风俗，它也会直接影响到我们生活的每一个层面。还有一个就是"风情"。我们说民族风情、地域风情就是局限在某一个地方独特的文化和气象，就称之为风情，是这个地方独有的一种民俗。"风尚"就是开风气之先。"风气""风俗"两相激荡而后成为"风尚"。风尚就是一个时代文化的最前沿——风俗往往是我们文化恒定的传承——风尚就是我们这个时代文化向前发展的创新的一块。比如说"这栋建筑好时尚啊！"这个"时尚"就是风尚。这是从广义上来谈传统文化的。如果从狭义上讲，也就是从应用角度讲，我们的传统文化到今天，依旧起着作用的，最重要的就是儒、释、道这三家。这三家合在一起构成了中国人认识世界、把握世界的思维方式和精神生活。

　　自从党的十七届六中全会以来，胡锦涛同志谈到"文化的自信、自觉与自强"，以及十八大和十八届三中全会上都有很多关于文化的表述。比如，2013年温家宝同志的政府工作报告就提到"文化是民族的血脉和人民的精神家园"。当时听到这个报告，我就想：文化是人民的精神家园，这个从全人类的范畴来讲是对的。美国以基督文化为基础，发展起来的美国文化是他们的精神家园；中东的伊斯兰文化是他们的精神家园；由传统文化发展而来的当今中国文化，则是我们共同的精神家园。因此，对于我们中国人来讲，"文化是人民的精神家园"这句话必须加上两个字——传统，即传统文化是人民的精神家园。

世界上有基督文化、伊斯兰文化、地中海文化、爱琴海文化等等很多文化类型和区域，而作用于中国老百姓和这一块东方大陆的就是我们的传统文化。一些西方的汉学家对我们的传统文化进行深入研究之后，就会深深地沉醉其中。我在美国、加拿大以及欧洲的很多地方，都碰到过这样的汉学家。我读过一本加拿大的汉学家写的关于中国传统文化的书，他以明代一位湖北黄陂籍官员的生活为例，显示了他对于中国文化的独特视角。这位黄陂籍官员在安徽的歙县或是其他某个地方当过县令。他在政务工作的闲暇之时，写一些笔记，记述他当县令的清闲时光，同时也回忆他在家乡黄陂的安逸生活。作者写道：我的家乡四季分明，有山有水，春天我们过花朝节、清明节，秋季登高望远，偶尔和乡贤们一起饮酒赋诗。实际上，他并不是刻意在展示他的诗情画意，而是回忆真实的少年、青年生活以及中年的仕宦生涯。加拿大的这位白人汉学家读过之后，却非常羡慕这样一种中国式的生活。他说，中国人生活在一种深厚的礼仪和诗情画意之中，这片大陆的人们总是让我们感到神奇，我们无法走进这片大陆的生活，也无法走进中国人的心里，因为他们就像在天堂里面生活一样——这是这位加拿大汉学家对我们中国传统文化的描述。

我认识塞尔维亚的一位汉学家，他是贝尔格莱德大学的历史系教授，专门研究中国古代史。他作为一个白人，却穿着像南怀瑾先生常穿的那种长衫，宽袍大袖，袖口挽起。如果你在贝尔格莱德街头见到这么一个白人，一定会感觉非常滑稽，可他却是一本正经，非常严肃。他学的中国话带着浓郁的江浙口音，尤其像扬州话。我在加拿大还碰到过一位汉学家，他说的是文言文："先生一向可好？"这就跟刚才说扬州方言的表达方式有所不同。一个外国人进入了江浙地区，就学会了用吴侬软语和你对话；而如果他研究传统中国文化，进入了明朝的情境，就会学着用明朝的文言文来跟你交谈。可见，这些汉学家进入中国文化的角度不同，他们的表述方式也就相应不同。

　　在漫长的中国历史长河中，总有一些外国人非常欣赏中国文化。他们认为中国的美主要来自生活节奏的慢：中国人严格地按照一年二十四节气的变换生活着，过着一种恒定的、周而复始的，刻板却充满诗意的人生。这些外国人经常会研究一些成语词汇，这些成语里面所反映的生活简直是他们做不到的，比如"天伦之乐"——我的书法展上有一个小书法作品《含饴弄孙之乐》，这幅作品就是天伦之乐的表达：有一天，我的三岁的小孙子看到我在写字，一定也要自己拿笔去写，还要由他来盖印。他弄脏了我的纸，但我这个做爷爷的一点儿也不生气，只觉得孩子可爱。于是我握着他的小手，提笔写下"含饴弄孙之乐"几个字——这就是中国人的情感，这种情感一代一代传承着，我想我的下一代、再下一代也会是这样。

尊师重教、耕读传家、含饴弄孙、举案齐眉、白头偕老……所有这些成语描绘的都是中国的生活方式。"举案齐眉"说的是男女成家后，二人白头偕老，相濡以沫，相敬如宾，反映的是恒定的一夫一妻制。所以当我们研究中国的这些成语词汇时，会发现它们所反映的都是我们的生活方式、精神存在方式、社会管理方式。因此，只有把这些成语弄懂了，才能了解中国人的物质生活方式和精神世界。

中国传统文化的丰富是令人吃惊的，琴、棋、书、画、诗、词、歌、赋、烟、酒、茶……中国的烟具非常考究，我在云南看过当地人抽水烟，抽得荡气回肠：把烟浸在一个装满了水的大桶里面，桶里支一根很长的杆子，用火镰把烟点着，就像点礼花炮一样发出"啪"的一声，人在上面吃一口，那底下的水烟仿佛是沸腾的水，咕噜咕噜往上冒泡。在西安，我看到一个朋友收集的烟袋，有四百多种，每一种的功能和造型都不一样。中国人很擅长把一些非常粗俗的生活，上升到艺术的层面，文化的浸染是无孔不入、无处不在、如影随形的。再比如中国的茶道，我在中国见识过几十种不同的茶道。日本的茶道是源于中国南宋时杭州的径山茶道，由僧人发明，之后传入日本。径山茶道是绿茶茶道，除了绿茶茶道，我们还有武夷岩茶的茶道、普洱的茶道、砖茶的茶道，每一种茶的喝法都让人感觉到赏心悦目。再比如说酒，茅台酒和西凤酒、杏花村酒的味道就有着天壤之别。古代皇宫里的人饮酒非常讲究，女人喝酒要养颜，男人喝酒要激发他身体的各种功能，宫里单单醒酒的汤就得几十道。围绕着酒，中国人创造了很大的产业。

中华民族是全世界最有智慧的民族之一，曾经用"泥土"和"树叶"这两种东西征服了全世界，一直到十八世纪，中国与全世界的贸易逆差都是靠"泥土"和"树叶"赚回来的。所以，在明朝，全世界白银的百分之七十都在中国流通。"泥土"就是陶瓷。"树叶"就是蚕丝。当年，德国有一位公爵收藏了一整套十八个出自景德镇的大瓷瓶，整个欧洲都为之艳羡。普鲁士国王心慕不已，多次与公爵商量，希望他把中国花瓶转让给自己。双方为此商量了三年，最后这样达成交换意向：普鲁士将一个营的卫队换取那十八个花瓶。普鲁士的卫队是全世界一流的，一套瓷瓶换取这样一支卫队，这就是我们中国泥土创造的世界奇迹。而英国的东印度公司面对陶瓷这样一种精致产品，也无法抗拒诱惑，所以他们最终撬开中国的大门，试图用他们的方式来掠夺中国。

关于丝绸的记载可以追溯到公元前的恺撒大帝。恺撒大帝在登基大典上会见群臣时，"哗啦"一声把铠甲掀开，露出里面一袭华丽的中国丝绸，艳惊整个罗马。后来，因为丝绸的昂贵加速了国库空虚，罗马上院不得不制定法律，不允许从中国进口丝绸。

中国人从大地赋予我们最原始的、可再生的资源里面创造出无穷无尽的生活方式和财富。迄今为止，我们这些传统的生活方式、知识产权依然牢牢掌握在我们自己手中，因为那是我们的生活方式和精神家园。将生活升华，就成了一种精神，我们中国人从来就有这种转化能力，这是我说的第一个大题的第二点。

第三点要说的是：我们的中华文化是以汉文化为主体，多民族共同创造的文化。中国是一个多民族的国家，但是与世界其他国家不同的是，多民族并没有影响这个庞大的帝国前进。世界上发展很快的基本上都是单民族国家。举一个例子：印度有上百个民族，为了尊重人权，满足每一个民族的需要，印度中央要下发政府的文件，需要转换成一百多种文字，因此每年的翻译费就高于整个文化的支出。这样一来，印度的发展速度就受到了很大限制。而中国不一样，中国是以汉文化为主体，多民族创造的共同文化形成了中华文化。

因此，我们要讲好中华文化，首先要讲好汉文化。汉文化是怎么形成的？陈寅恪先生曾有这样的表述：民族不应该以出身、族群来划分，而应该以文化的共同价值观和生活方式来划分。如果我们了解中国的历史，就会觉得这句话非常有道理。我举一个简单的例子：这几年我在边疆走了很多地方，特别是西北和东北。在东北，我见到了很多被称为少数民族的人，可是他们的生活习惯却比汉人还要"汉人"；在西北，我见到了很多自称为汉人的人，可是他们比少数民族还要"少数民族"。为什么会这样呢？这是长期的民族融合造成的。汉武帝当时攻打匈奴，败逃的匈奴来到了陕北榆林一带扎根，所以今天榆林的那些汉子，几乎都是匈奴人。我在陕西碰到一个大汉，一米八几的高个子，每天饮酒两斤不醉，整张脸像刀劈斧凿一样轮廓鲜明。我问他是哪个民族的，他说自己是汉人。我说："不对，你姓萧，你是契丹人。"他纳闷道："我怎么是契丹人？"后来我描述了他许多的生活特点，听完之后，他说："你说的这些还真符合！"其实，萧是契丹文官的一个姓。契丹有一个特点：皇家耶律家族不改姓，但是所有的丞相不管原来姓什么，当了丞相后都被赐姓萧。这是因为耶律阿保机希望自己成为第二个刘邦，他又非常欣赏萧何，所以不仅是丞相改姓萧，连皇后也改姓萧。所以提到契丹的萧太后，一定要说清楚是哪一代的萧太后，因为他们代代都有萧太后。

在我们这样一个民族融合的过程中，"汉人"这个概念是以共同的生活方式来论定的，现在的汉人最初不一定就是汉人，正如我们许多民族入驻中原以后，就消失了。在汉文化的伟大力量下，民族被融合。所以，匈奴、鲜卑、乌桓、回纥、契丹、女真都没有了。北魏王朝非常了不起，建立这个王朝的是鲜卑人，他们掌握政权后，就实行改革，推行汉文化，书法中的魏碑就是北魏人创造的。契丹人广泛分布在霍尔木兹海峡、库页岛、贝加尔湖以及蒙古高原的广阔区域，耶律阿保机建立的辽国地域广阔，它向南延伸到了河北的霸州、雄州以及燕云十六州，其面积比北宋还要大。五代十国时期，后晋的石敬瑭为了在燕云十六州自立为王，跟契丹人达成协议，约定在自己成王之后，要把燕云十六州割让给契丹政权。就这样，整个北京地区前后有三百多年不属于中原的领地，它先是划归辽国，后来又划归金国。我曾对燕云十六州的汉人做了一个认真的研究，结果发现：这个地方的汉人最终都变成了契丹人，契丹人后来又演变成室韦人，后来又有一部分变成了女真人。为什么会这样演变呢？因为当汉人长久地离开了中原这片土地之后，就会按照少数民族的生活习惯和文化风俗来规范自己，久而久之就告别了汉人式的生活。少数民族要想在燕云十六州这片土地上创造财富，需要用上"树叶"和"泥土"。可是这个绝活不在他们手上，而在汉人手上。

在民族融合的过程中，汉字立下了不朽的功劳。契丹文字消亡了，女真文字消亡了，很多少数民族的文字都消亡了，但汉字始终成为各民族沟通的语言。可以说，汉字的传承奠定了中国永远处于一个文化大国的地位。

唐诗有云："羌笛何须怨杨柳，春风不度玉门关。"我到过河西走廊的羌族人聚居区，这个地区的大部分羌族同胞后来迁徙到了汶川地震的核心区。他们称自己是炎帝的子孙，在当地建了一座很大的庙宇用来纪念炎帝，他们跳的铠甲舞已经成为国家的非物质文化遗产。这几年，我在研究传统文化与中华民族流变史的时候，常常从各地的府志、县志中找到很多有用的资料。历史学家除了研究"二十四史"之外，同样应该留意古代县一级的方志和族谱，因为这些地方各方面的志书，保存了大量的有价值的史料，可以补正史之不足。

第一个问题说了什么是我们的传统文化，总结起来，我认为传统文化有三个方面：第一，是广义上的文化，就是我们的生活习惯、风俗礼仪、典章制度；第二，狭义上的中华文化是以儒、释、道为主体所构成的我们独特的价值观、世界观，即中国人认识世界把握世界的思维方式；第三，就是以汉文化为主体的多民族共同创造的文化。

现在讲第二个问题：文化传承的时代脉络。

公元前六世纪到公元前二世纪这三四百年间，是中国汉文化形成的轴心时代。这个时代产生的先秦诸子百家，让我们看到了灿烂的文化多样性与丰富的人文精神。百家中，最后对后世产生极大影响的有十家：儒家、道家、阴阳家、法家、名家、墨家、杂家、农家、小说家、纵横家。这十家的学问构成了早期中国汉文化的思想主体，这是一座非常宏伟的思想文化大厦。那个时代尚未"独尊儒术"，以孔子为代表的儒家只是当中的一家，并没有特别的地位。这一时期诸子百家的学说，被冯天瑜先生称为"元典精神"，它们是我们中华民族文化的元典。

比这十家更早的《易经》是一部抽象的、思辨性的哲学著作。"太极"一词，始见于《易·系辞上》"《易》有太极，是生两仪。两仪生四象，四象生八卦"。太极是天地未分的统一体，是世界的本原。太极为一，天地为二，所谓两仪。两仪产生之后，万物就有了分别。《易·系辞上》又云"一阴一阳之谓道"，阴阳产生了，这个世界就再不是混沌的了。阴阳产生出"金""木""水""火""土"这五行，五行而生八卦，八卦而生万物。这是一套非常严密的逻辑。十家中儒家、道家、阴阳家、法家、墨家这五家都对《易经》有解释，其解释各有千秋。今天我们看到的《诗》《书》《易》《礼》《乐》《春秋》六经之一的《易经》，有孔子的注解，但是要懂元典的话，每一家对《易经》的解释都要看。中国的经学的发展在汉代达到高峰，汉代出了很多解释诸子百家学问的大家，所以文化的普及在汉代，文化的发端在春秋战国。

春秋战国文化出现最早的，是《河图》《洛书》，还有《尚书》，尤其是《尧典》。如果对中华文化缺乏浓厚的兴趣，会感觉这些典籍离我们今天的生活太遥远。我在老家建了一座"龙潭书院"，大门上写了一副对联："尧典老，尚书残，谁留楮墨？白云淡，红叶稀，正好读书。"其意是勉励自己承担一点读书人的责任，研究那些年代久远的中华元典。

在春秋后期，周天子创造的文化已经式微，很多小的诸侯国对周文化不重视，不遵循。楚国是反叛的代表，所以，在相当长一段时间，周秦文化与楚齐文化相互竞争发展。秦国固守周制，楚国与齐国则能开创自己的文化道路。李白曾在湖北"酒隐安陆，蹉跎十年"，后来写过这样的诗句："我本楚狂人，凤歌笑孔丘。"李白敢讥笑孔子，看似狂妄，其实在春秋战国时期的楚国是一种常态。孔子的学说只是众多学问中的一种，没有唯我独尊的地位。

在春秋时期，鲁国是最钦慕、敬仰周天子文化的。孔子是鲁国人，因此他对整个周文化的崇尚不是无源的，是在鲁国一代代崇尚周文化的传统濡染下形成的。

孔子说了三段关于他喜欢周文化的话。第一句是："周监于二代，郁郁乎文哉，吾从周。"意思是说：周朝直接学习了殷、夏的宝贵文化，把两代文化的精粹保留下来，形成了周文化，这样的文化多么繁茂灿烂，我要一辈子追随。周朝的文化典范、文化风尚，是建立在殷、夏两朝所有的国家典章制度和周朝当时的文化形态之上的。周文化在当时中国政治上最大的贡献，就是开辟了三公格局——太傅、太保、太师，陛下管三公，三公管百官，百官管万民的管理模式就是由周朝奠定的。其中，据《大戴礼记·保傅》记载，当时周朝是"召公为太保，周公为太傅，太公为太师"。孔子说的第二句是："吾其为东周乎！"周朝式微了，文化也衰竭了，我能否在鲁国建立第二个周文化呢？孔子把建立第二个周文化作为政治理想，但因为鲁国规模小，甚至遭受别国侵略，所以根本没办法承担文化重造的大任。孔子说的第三句是："久矣，吾不复梦见周公。"意思是：人老了以后，很长时间都没有梦到周公了，是不是我哪个地方做得不对，周公不愿意见我了。

从孔子的这三句话中可以看出，在当时的鲁国，周文化得到了完全的保留。公元前544年，吴国的季札来到鲁国，他听到了周朝的音乐，欣喜若狂道："我在这里终于又听到了周朝的音乐！"当时的宫廷音乐只有在鲁国才听到，要想见识周朝的礼节，得到鲁国。四年之后，晋国的韩宣子也来到鲁国，看到周朝流传下的《易经》《象辞》和鲁《春秋》，高兴地回去宣传，说周礼全部在鲁国保存。

举两个小例子，鲁国这个小国家在当时保留周文化，所以周朝在春秋时候的直接传承者是鲁国，但是当时进行文化再造而成为引领先进文化的是楚国。我因此想到一个问题：鲁国原封不动地保留了周文化，最终却被灭国了；楚国当时敢于在文化上创新，并从一个南方小诸侯国，成长为春秋五霸之一，这是为什么？我们对周文化的定义，有这么一些关键词：数量的、科学的、理智的、秩序的……这些特质从周朝的礼器就可以看出来，比如玉圭，它根据官职的大小、用途的不同，有着数以百计的分类：大圭、镇圭、躬圭、桓圭、琬圭、琰圭……周朝注重规矩和秩序，重逻辑思维胜于重形象思维。这种文化在青铜器上表现得非常完整，比如毛公鼎、黄河铁牛、汉朝宫殿的狮子，造型凝重、坚实。"周道如砥，其直如矢"，都城镐京的道路像射出去的箭一样笔笔直直，有王者之气。在精神上，周朝也讲究凝重、坚实。《诗经·大雅·生民》里面有句诗："实发实秀，实坚实好。"意思是，真实的一定可以生长出好东西，一定是秀美、坚强的，可见其精神追求。当时唯独跟周文化完全不一样的就是楚文化，楚文化的特质是奔放的、飞跃的、轻飘的、流动的，其造型艺术、语言节奏，跟周朝完全不一样。周朝讲究"不以规矩不能成方圆"，而楚人承袭庄子《逍遥游》的漫无边际的想象。所以，周朝是几何学的、古典的，楚国是色彩学的、浪漫的。楚国典型的艺术品是漆器，而不是青铜器。楚国有几件文物极具特色，比如"虎座鸟架鼓"，形态是以两只卧虎为底座，虎背上各立一只长腿昂首的鸣凤，背向而立的鸣凤中间，有一面大鼓用红绳带悬于凤冠之上。再比如"鹿角立鹤"，外形是一只长有鹿角的仙鹤。这种变形的艺术在一千年后的欧洲才实现，在周文化里更是不可能出现。

  诗经里面，比如"实发实秀，实坚实好"，是以双音节为主。

而楚文化创造的则以多音节为主，"路漫漫其修远兮，吾将上下而求索"，这就是语言功能的拓展。多音节词汇的出现，表明生活的多样性。这是楚国活力的体现。再说齐国。现今说齐鲁大地，其实齐和鲁在春秋战国时是两个国家。与鲁国不同的是，齐国同楚国一样，都在创造自己的新文化，用今天的话说，这两个国家有点像"文化界的牛仔"，打破了一切界限。两国的文化创新，楚国重在文学，齐国重在哲学。"九州"之说，就是齐国的创造。齐国的学者邹衍直接称海外为"九州"。齐国在今天的胶东半岛，有很长的海岸线。邹衍认为，在大海无穷无尽的彼岸，一定还有很大的地方。那时候以中国人的航海技术不可能出去，但他觉得，海之外还有九州。他的"大九州"说影响了秦始皇，秦始皇想长生不老，就派人从当年齐国的胶州湾出发，去找海外仙山。今天烟台的牟平区养马岛，那个地方就是徐福率众多童男童女出海的地方。同样的思想，在楚国也有表现。屈原在《天问》里面就说："九州安错？川谷何洿？"意思是说，海外九州我们该如何去安顿，如何去发现？大地上的山川河流，如何去疏浚？这样一种思想，已经超越了时代，超越了阅历，是凭想象而产生的。

齐人喜欢讲隐语。淳于髡用三年不飞不鸣的鸟来向齐威王进谏，伍子胥的爷爷伍举，用三年不飞不鸣的鸟向楚庄王进谏。这在周朝的文本或者周朝的思维定式上是没有的，周朝就直接说："大王陛下，你不能不上朝，你要认认真真做事。"是直来直去的。楚国和齐国的文学家、作家，都喜欢转个弯说，这叫隐语。

齐国最发达的是兵家，比如司马穰苴、孙武、孙膑、蒙恬……楚国最发达的是道家，比如老子、庄子。齐楚文化形成一种同盟军，所以兵家与道家这两家远远超过鲁国的儒家，使齐楚两国关系很紧密，成为当时对抗周文化的两支先锋队伍。屈原就非常赞赏齐国，一生三次出国访问都是到齐国，那时候屈原到胶东半岛海边上不容易，中间还要穿过好多国家，还要过境。可见两国的思想家与大文豪们是惺惺相惜的。当时担任文化创新任务的是楚国和齐国，担任文化继承与坚守的是鲁国。现在我们处处都在讲创新，却不应该忘记，两千五百年前我们的老祖宗就乐于创新，就在革新我们的文化，为我们的文化寻找新天地，开拓新边疆，找到新出口。

到了汉代，我们会发现一个有趣的问题：刘邦虽然灭秦建国，但是其文化却是齐楚文化的集大成者。秦的国家管理模式经过商鞅的改革，其格局已经完全不同于周，比如车同轨、书同文、郡县制。秦始皇登基以后，巩固了这些创新的典章制度，但其文化的内核仍然继承周朝。刘邦建立的汉朝把秦所遵循的周文化全部推翻，而将自己故乡的楚文化作为国家文化，其中包含了与楚文化相近的齐文化。齐楚文化在刘邦建立国家之后就一直统治着中国，历万世而不衰。

楚国被秦所灭之后，屈原投江而死，而汉朝最终在灭秦之后，又完全承继了楚国的文化和制度。举几个例子：汉代直接承袭楚的语言、风俗与习惯，称大人物为"公"，这个"公"是我们的口头语，毛公、周公、车公，在秦国不称公，而称上卿、大夫。司马迁热爱楚文化，他的官职叫太史令，但他自称"太史公"。再说风俗习惯。周、秦坐在右边的是大官，楚国坐在左边的是大官，汉代的官职也是以左为大，并一直影响后代，如明代的吏部左侍郎，就是"组织部"的"常务副部长"，吏部右侍郎，就是一般的"副部长"，从那到今天都没改，左为大。

楚文化影响深远。"楚歌楚舞"风靡整个汉代；项羽的"力拔山兮气盖世"就是楚国的歌谣；刘邦的"大风起兮云飞扬"，也是源自楚辞。汉代人在楚辞的基础上发展出汉赋，成为当时文学的主流。今天能读到的一些最好的汉赋，像司马相如的、扬雄的，其代表作都是直承楚国遗韵。这种现象在汉武帝时达到了高峰，无论是宫廷文学，一代文化宗师的作品，还是民间老百姓的口头文学，直接承继的都是楚国的文体。汉代的宫廷建筑和漆器上使用的两种颜色——黑色、红色——也是承袭楚国风格。楚国的文学艺术、建筑艺术、典章制度、衣食住行等等，都被汉朝照单全收。如果将传到今天的中国传统文化做一个剖析，则可以说，周秦文化代表了中国文化的"政统"，就是政治家所遵循的，比如郡县制。齐楚文化代表了中国的"道统"。

说到传统文化的优秀，作为荆楚文化的传人，我们有理由骄傲。司马迁就是楚文化的忠实传承者。为什么鲁迅说他的《史记》是"无韵之离骚"？除了语言的华美、瑰丽，人物的特立独行之外，司马迁做人的风格与屈原如出一辙。他是第二个屈原。他写项羽世家，写屈原，写孙叔敖，甚至写陈胜、吴广，无不充满了深情。读了《史记》

以后，会发现"无韵之离骚"这个立论非常确切。司马迁是一个典型的秦人，为什么在周文化的腹地会产生一个仰慕楚文化的人？第一，充满了秩序和禁锢的文化氛围不适合天才的成长，司马迁是天才，所以我在《祭司马迁文》中说，文王五百年后而生孔仲尼，孔子五百年后而生司马迁。我也说过长江分为三段，三种文化，上游的巴蜀文化出"鬼才"，中游的荆楚文化出"天才"，下游的吴越文化出"人才"，楚文化是长江流域的文化代表。但需要指出的是，汉朝在理论的建树上，也就是在经学的研究上，则主要来自齐国。

经学是什么呢？大致的意思是解释先秦诸子百家的著作，诠释《诗》《书》《易》《礼》《春秋》《乐》这六经，这都是经学的范畴。汉武帝之后，西汉的经学研究已达到了一个高峰。可以说，最早系统地研究中国传统文化，是从汉武帝时候开始的。从那以后，研究中国传统文化的经书汗牛充栋，在清代的《四库全书》之"经部"，就收录了经学及研究经学的著作一千七百七十三部，两万零四百二十七卷。

在整个西汉的经学领域中，是以齐国人为主。解释《春秋》这部书最重要的两部著作，也是在西汉成书的，一个是齐国人写的《公羊传》，一个是鲁国人写的《穀梁传》，大家今天还可以借助翻译看看这两部书。《穀梁传》对待春秋的解释循规蹈矩，不敢越雷池一步，就像马克思所说，"无产阶级只有解放全人类才能最后解放自己"，它只能解释无产阶级就是没有财产的人，全人类包括所有的人。但《公羊传》不一样，解释了无产阶级在解放全人类的过程中，如果它也变成了有产阶级，一样可以赞同社会主义和革命，这就叫创造性的理解经典。《公羊传》文采飞扬，思想深度超过《穀梁传》。所以今天研究经学，先把《春秋》读一遍，再把《穀梁传》《公羊传》各读一遍，就可以看到同样一本经典的两种截然不同的解释。《史记》里说到了这一点："故汉兴至于五世之间，唯董仲舒名为明于《春秋》，其传公羊氏也。"司马迁认为，从汉高祖建国到汉武帝这一段历史时期，只有一个人懂《春秋》，就是董仲舒。董仲舒为什么懂《春秋》呢？因为他的学问来自齐国的《公羊传》。董仲舒的思想，对之后的汉朝产生了极大的影响。汉武帝时期两个伟大的思想家、文学家，一个是董仲舒，另一个就是司马迁，他们俩的学问一个来自齐国，一个来自楚国，他们两个人奠定了汉代的文化高地。

  汉代除了经学之外，最能引起大家追寻的学问，还有两个，一个是"黄老之学"，一个是"庄骚之学"。"黄老"是哲学，"庄骚"既是哲学也是文学。后来大家解释这个"黄"就是指黄帝和老子，简称"黄老之学"。我认为这个黄帝的说法是不准确的，这个"黄"不是黄帝，应该是张良见到的那一位黄石公。可能黄石公这个人并不存在，是张良为了说故事杜撰出来的。张良说黄石公送他的一本书很重要，是一本姜太公的兵书。姜太公的兵书为什么在齐国发现呢，就因为姜太公封地在齐国，就像为什么鲁国出了孔子呢，是因为周公的封地在鲁国，所以周公找到了孔子，而姜太公的兵书传到了张良手上。为什么齐国出了那么多军事家，因为姜子牙封地在齐国。张良这个人很不简单，传说他在汉中的留坝县紫柏山从赤松子游，世人从此就找不到他的踪迹。留坝县有一座张良庙，我去参观时，留坝县的领导让我给它写副对联，我当时一挥而就："以剑气养文心，无双国士；先黄石后赤松，惟一英雄。"这是我对张良一生的评价。张良是齐国兵家学问的集大成者，也是把"黄老之学"学到了家的大聪明人。

再说"庄骚之学"。庄子散文的哲学意义和隐语，即"言在此而意在彼"的学问达到高峰。有这样一个例子，一天他带着学生在山里面走，看到一棵腐烂的树倒在地上，一踩上去树就折断，庄子对弟子说："哎呀，你们千万不要当朽木啊，当朽木就是这种卑贱的下场。"再往前走，他们又看到一棵参天大树，几个人在那砍那棵树做房梁，庄子又对弟子说："哎呀，你们千万不可做栋梁之材啊，成了栋梁之材就该让人砍了。"学生们纳闷了："老师啊，朽木不可做，栋梁又不可做，那我们做什么呢？"庄子说，你们不要当朽木，也不要当栋梁，就做一棵普通的树。庄子从来没有直接讲怎么做人，但是通过讲树的状态让学生自己去体悟，这既是政治又是文学，既是智慧又是知识。庄子的智慧真是高超到了极点。"骚"就是屈原的《离骚》，用以指楚辞。看看屈原的《离骚》《天问》《九歌》《九章》，就知道楚辞的文采有多灿烂，想象力有多丰富。所以，将庄子与屈原合称为"庄骚"，是对楚国文学的极大肯定。"黄老之学"来自齐，"庄骚之学"来自楚，从屈原到司马迁，从文风到操守，这种道统的魅力，对中国人的影响一直到今天。我在《张居正》里写到过，有些官员为了坚持真理不怕廷杖，万历小皇帝说："把这个人给我打死！"冯保赶紧说："陛下，千万不可，他们就是要死，要以死表明自己的气节和操守。"这种不怕死的风骨，正是来自屈原与司马迁。

最后讲第三个问题：传统文化的创新能力。

中国历史上几次最伟大的创新，可以说是为人类的文明做出了伟大的贡献。在政治制度上，一是秦朝的郡县制，二是隋朝的科举制。郡县制促成了中央政府管理体系的建立，从而巩固了社会的稳定；科举制解决了人才选拔问题，从而推动了文官体系的建立。在科技上，前面已经讲过，将泥土变为陶瓷，将蚕桑转化为丝绸。这些都是让中国得以长期在世界上领先的关键因素。

还有一点，也是很重要的。经过长达一千多年的探索，到了唐代，基本上确立了儒、释、道三家相互作用的中国传统文化的主流。三家的传承各有体系。儒家的传承，从孔子、孟子、荀卿、董仲舒、二程、朱熹、陆九渊、王阳明、黄宗羲、戴震，到现代儒家七子。道家从老子开始，尔后庄子、杨朱、王充、王重阳、丘处机、张三丰等等。佛教自印度传入中国，可谓蔚为大观，各大门派有天台宗、华严宗、密宗、净土宗、禅宗等。在中部地区繁衍比较多的是禅宗，禅宗还有五宗：沩仰、临济、曹洞、云门、法眼。佛教在中国的本土化过程，其实就是以禅宗的确立为标志的。如果没有跟中国传统文化的道教相结合，没有庄子老子的精神在里面，佛教在中国生不了根。

儒家思想的根本，可以概括为一个字——"中"。"中"是一种哲学，全世界的国家，没有一个国家的名字是带这么深的民族文化特质在里面的，不偏不倚为之中，做人不要亢也不要卑，不卑不亢为之中，不左不右为之中，不上不下为之中，这是儒家的智慧。概括道家的一个字是"无"，佛家的一个字是"空"。就这三个字，足可以把中国传统文化的来路说得很清楚。这个"无"是指"无中生有"，"太极生两仪"，这个太极就是"无"，阴阳两仪产生了便是"有"的开始。"无中生有"，就是这个意思。两仪生五行——金木水火土，五行生八卦，世间万事万物就徐徐展开了。一个人如果不懂得开启这个阀门，不懂得什么时候到"有"，什么时候又回到"无"里面去，就不懂得怎么养心。佛家讲的是"空"，我有很长时间不了解"空"，空是什么？空是一种物质，空不是什么都没有。《心经》里面说："色不异空。空不异色。"色就是颜色的色，色就是客观世界。这个"空"既是客观世界，又不是客观世界，色不异空，不等同于客观世界，但也不相离于客观世界。所以说，空不是什么都没有，什么都不留住才叫空。

我们今天说文化的继承与创新这个题目，也是解决"从内圣开出外王"的问题。外王决定内圣，客观世界变了，主观世界就得改变。顺利的改变就是创新。"一阴一阳之谓道"，一个是形而上的，一个是形而下的。我有一年看到张之洞为奥略楼写的一副对联："昔贤整顿乾坤，缔造皆从江汉起；今日交通文轨，登临不觉欧亚遥。"他大意是说，在我之前的历代圣贤们，他们缔造了他们的乾坤、他们的时代，在江汉大地上创造了史诗。张之洞认为他也承担了这个任务。我们的事业不仅仅能够超迈古人,我们还能够超迈洋人,因为我们有这么深的文化做我们的根基。现在,传统文化是我们的"内圣",伟大的民族复兴是我们的"外王",要想实现这一目标,我们的"内圣"要坚如磐石,我们的"外王"要日新月异。唯其如此,我们的创新才有落脚点,才有持之以恒的动力。

那么,今天就先讲到这里。谢谢大家。

2013 年 12 月 21 日
在陕西"曲江文化论坛"上的演讲

文人的情怀

今天有幸受到邀请,到这里来与各位领导及朋友谈谈我对"文人"和"文人情怀"的理解。文人情怀,其实就是"家国情怀"。一个人无论为官、经商,还是当普通人,做普通的工作,能拥有一点传统文人的品格和情怀,总比没有好。今天,我就这个话题,从三个方面谈一谈我对文人情怀的认识。

第一个话题:文人的情怀就是君子的情怀。

我们经常说,这个人是君子,那个人是小人。那么,中国古人对君子是怎样界定的呢?孔子说过一段话,大概的意思是说:人分五种,君子是一种,还有庸人、士人、贤人、圣人。一个人活在世上,如果能把这五种人分清楚,就能治理天下了。关于这五种人怎么定位,历代有很多的思想家和政治家都发表过意见。唐玄宗时代,四川梓潼出了个姓赵的文人,好"帝王之术",他把孔子说的这五种人做了个评判。这个人叫赵蕤,诗人李白一辈子都尊他为师。这个赵蕤写了一本书叫《反经》,从五个方面谈论怎么治理天下。首先,他把孔子说的这五种人解释得很清楚。他说:"所谓庸人者,心不存慎终之规,口不吐训格之言,不择贤以托身,不力行以自定,见小暗大而不知所务,从物如流而不知所执。此则庸人也。"什么意思呢?庸人,就是心中没有什么道德底线、没有是非感的人。他们嘴里说的话绝不是圣人的言语,也不是守法者的言语。他们"有奶便是娘",这种人不可能跟着有理想有能力的人去做大事业,而是谁给好处就给谁卖命,而且朝三暮四,一件事做着做着就放弃了,遇到一点挫折就会放弃追求,见到利益立刻上去抢,这就是庸人。"所谓士人者,心有所定,计有所守。虽不能尽道术之本,必有率也。"这里说的士人,也就是读书人。这种人心中有定力和生活的方向,有丰富的社会经验,不盲目地崇拜别人,而是守住自己的信念;但他的所作所为不能完全合道,只是按世俗的观念来办事。尽管他不能把每件事做得尽善尽美,但是他每做一件事必然要问一个为什么。如果说这件事是好事,但是有风险,他不会去做,患得患失,有主见而无胆识,这就是士人。

　　第三种人,就是君子。我们说文人的情怀,就是君子的情怀。赵蕤说:"所谓君子者,言必忠信而心不忌,仁义在身而色不伐,思虑通明而辞不专,笃行信道,自强不息,油然若将可越而终不可及者。此君子也。"他称赞这种人,因为这种人说的话一定都是自己内心的话,绝不会趋炎附势、阿谀奉承，或者表面说一套，心里想的则是另外一回事。他说，君子不做这种事情，"心无所忌"，就是说他心里没有藏着什么奸险狡猾的东西，因此说出来的话都平实可信，内心是按照仁义的标准来做人的，所以任何事情都不会让他改变方向，所谓"富贵不能淫，贫贱不能移，威武不能屈"。"色不伐"之"色"，不单指女色，"色"在古代指客观世界，《心经》里说："色不异空。空不异色。"就是说，主观世界和客观世界是互为表里的，不可能是两种。君子不是凭脑袋发热去做事，而是在做事之前，就会把将要遇到的困难、后果和可能达到的效果，做一个通盘考虑。一旦想通了之后，他在这条路上就会大步往前走，决不左顾右盼，不会走到一半就因为别人的干扰而放弃完成自己的理想，顾虑是不是做错了？会不会最终达不到目的？君子从来不会这样怀疑自己所做的事情，他们不分心，不彷徨，坚决做到底。就像毛泽东要建设新中国，邓小平要搞改革一样，遇到再大的阻力，他们也绝不认为这个事情要从头再来。赵蕤说，这种人就是君子。

儒家学者在《易传》中写道："天行健，君子以自强不息。"这句话言简意赅，将君子说得很清楚，赵蕤解释的即是儒家学者对君子的定义。荀子对君子的理解可能会让大家有更深刻的认识。荀子说："夫君子能为可贵，不能使人必贵己；能为可信，不能使人必信己；能为可用，不能使人必用己。故君子耻不修，不耻见污；耻不信，不耻不见信。"这话不好懂，我再给大家解释一下。他说，所有的君子，能做让人既可畏又可敬的事情，但君子绝不因为你说可畏可敬，他才去做这件事。他是自己要做，在做之前根本不会去想别人怎么看他。他可以用诚信对待这个世界，对待周围的人，但他并不要求所有的人用诚信来对待他。他可以宽恕别人，如果一定要别人用全部的诚信来对待他，他才用诚信对待别人，那么这个诚信就是虚伪的。中国古代讲究宽恕的"恕"，所谓"恕道"，就是肯原谅别人，包容别人。第二个就是诚信待人，不要求所有人用诚信待他。第三个，他可以用才，但不是要求所有的人一定要用他的才，如果别人有这个才能去干，他不会去抢，这就是"宽容"，能够心中容得下别人。而且，君子认为可耻的事是自己不提高修养，不可耻的事是社会对他的误解。君子不会因为社会说他青面獠牙，说他很坏，就觉得这些人骂我是最可耻的事情，而是去反思自己的修养到不到家。我们古代的楚国，大约在公元前六世纪，出了一个令尹，就是后来的宰相这个职位，名叫孙叔敖，就是那个协助楚庄王成就春秋五霸的孙叔敖。他的经历很曲折，同邓小平一样，三起三落，三次罢相，三次又东山再起。孙叔敖每次都很平淡，撤他职的时候他不忧伤，重新重用他的时候，他也并不因此而欣喜若狂。别人问他：令尹大人，您为什么能够如此平淡地对待这些事情？他说：免去我的职务，错不在我，我为什么要灰心丧气呢？重新起用我来当令尹，是因为我的才能本来就可以担任这个职务，我为什么要特别高兴呢？这种平常心，在楚国的这一位贤相身上，表现得如此突出。这就是"耻不信，不耻不见信"，意思是说：可耻的是，我可以施展才华的时候，没才华可用；不可耻的是，我用了才华，而让别人说三道四。最终，这种人是"不诱于誉，不恐于诽，率道而行，端然正己，不为物倾侧，夫是之谓诚君子"，这也是荀子说的。什么意思呢？就是我决不去沽名钓誉，所有的荣誉引诱我，我不会为之所动，所有的诽谤强加于我，我也不为之所动，我遵循"道"（即客观规律），做我自己想做的事情，我一辈子提醒自己，要做一个正人，这才是君子。所以说，荀子的这段话对君子有了一个很好的概括。春秋时期的政治跟今天不一样，春秋政治如果用"阴谋诡计"、用"术"，会让人瞧不起的。春秋时期的政治是"深明大义"的，五霸间所有的事情都是明枪明箭，没有暗枪暗箭。那时候的世界，说实话就是"君子政治"。如果我们能把现在的政治生态恢复到"君子政治"，那么我们就是回到了每个人都信己而恂人的时代，即相信自己的能力而尊重别人的选择。这是荀子对君子的解释。

下面讲第四种人：贤人。贤人比君子的境界还高，如果照这种标准去做，确实很难。"所谓贤者，德不逾闲，行中规绳，言足法于天下而不伤其身，道足化于百姓而不伤于本，富则天下无菀财，施则天下不病贫。此则贤者也。"这是什么意思呢？就是说，你是贤人，你的德行保证你一定是做好事不出声的，不是为了得一个好名声才做好事。用今天的话说，这叫不作秀。贤人的心中从来没有想过什么作秀。他说出的每一句话都是深思熟虑的，从不会用他的思想去伤害这个世界，去伤害他人，他的思想作用于这个世界，其出发点是让这个世界变得更好，而不是更坏，让社会的矛盾变得缓和，而不是更加激烈。这就是贤人。他足以让天下人致富，而不是仅仅让自己和自己身边的人致富。苏东坡对这一点有特别的认识和感慨，他写过一篇《论范蠡》。公元前五世纪时，孔子最忧心如焚的事情，就是"礼崩乐坏"。在春秋与战国的转换期，中国政坛最有名的三个人是楚国的伍子胥，越国的范蠡、文种。这三个人当时是知识分子的领袖、文人的领袖。大家都说范蠡不简单，并有故事为证：勾践打下吴国后，范蠡觉得与勾践分手的时机到了，就偷偷跑出绍兴城，等跑出越国的国境后，给他的"亲密战友"文种大夫写了封信。这封信的内容是"蜚鸟尽，良弓藏；狡兔死，走狗烹。越王为人长颈鸟喙，可与共患难，不可与共乐。子何不去？"劝文种现在可以离开勾践了。文种没有听从他的劝说。后来，果然惹出了杀身之祸，死在勾践那里。所以，历代读书人说范蠡是可以善终的人，是个了不起的人，并把他当楷模。但苏东坡却不这样认为。苏东坡在文章中指出：范蠡曾跟朋友说，勾践长着很长的脖子、鹰钩鼻子，这种人只可共贫贱，不能同富贵，因此在贫贱时他跟着勾践，富贵后他就毅然决然地离开，自己发财去了。如果说，你范蠡像张良一样跑了，"隐于秦岭"，大家都不知道你到哪里去了，你也不想当富豪，你就是真英雄。但你跑了以后，要去当天下的首富，去当陶朱公，在海滨煮盐，成了富豪，这就是你名声上的不善终，因为你最终是为了自己，而不是为了天下苍生，这是商人的做法，而不是真正的贤人。我读到苏东坡的这段话后，觉得苏东坡比李白高明，苏东坡是懂政治的，而李白是不懂政治的，苏东坡是个了不起的大政论家、思想家，他对范蠡的论断非常有见地。之前他对伍子胥也有评价。他说，天下人都骂伍子胥，怎么能把你过去服务过的皇帝鞭尸三百呢？苏东坡说，这些评论伍子胥的人是误读了圣贤书。第一，中国是忠孝之国，伍子胥的父亲和哥哥被这个昏君杀掉了，伍子胥来对这个昏君兴师问罪，但那昏君已经死掉，埋在土里了。伍子胥鞭他的尸，是孝子必可为也。第二，楚国在那昏君的手上制造了这么多的冤案，对国不忠，对民不利，伍子胥鞭昏君，表明他忠诚于国的态度。所以，苏东坡说伍子胥是真忠臣孝子。苏东坡被贬到湖北黄州那里没事干，就把历史人物拿来一一点评，他点评这些人物的时候大约是四十四岁。我说苏东坡"悟道"是从四十二岁开始的，这一点对我个人影响很大。我自己在四十四岁之前是一个愤青，对国事很关心，可是基本都搞错了，苏东坡也是这样的（我后面还会讲到这个问题）。关于贤人，苏东坡的评价以及赵蕤下的结论，我觉得都非常好，这个比君子更难为。

第五种人是圣人。"所谓圣者，德合天地，变通无方，究万事之终始，协庶品之自然，敷其大道而遂成情性，明立日月，化行若神，下民不知其德，睹者不识其邻。此圣者也。"圣人的修养和道德的力量，跟万事万物的世界是吻合的。我每次看到"思想有多远，我们就能走多远"这条广告词，就在想，能够实现这句广告词的人，必定是圣人，一般人做不到。因为一般人往往搞错，浅尝辄止，走不远，只有圣人的思想"德合天地"，才能思想有多远，就能走多远。而且其中的变化就是前几年我们经常说的"与时俱进",决不墨守成规,根据时世的变化使自己的思想得以发展;也就是我们今天说的"创新",或者叫"变通无方"。变通无方,不是简单地应付什么灾难、危机,应该是让老百姓得到更多福祉的方式。这种变通是什么呢?就是万事万物是怎么开始的,最终会走到哪条路上去。社会主义是从苏联开始的,到二十世纪后期出现了大崩溃。作为圣人,你要研究这个事情到了什么阶段,往后它会怎么发展。

有一年,我到印度,新德里大学有个哲学系的主任跟我们座谈。座谈会是他们国家的文化旅游部部长主持的。那位印度哲学家发言很尖锐,我们都没想到他会那样发问。他说:"中国的作家朋友们,我想问你们一个问题,马克思主义在全世界遭到了毁灭性打击,现在唯有中国还举着这面旗帜,我想问问你们,你们还能让马克思主义存活多久?"这句话说完,顿时全场冷下来了。我们代表团的团长点名说:"召政,你讲一讲这个问题吧。"我想,我要再不讲,这个座谈会就开不下去了。幸亏我思考过这个问题,我自己也曾经是从困惑和迷惘中走过来的,在这个问题上想过很多。我到印度第一件事就问他们的佛教徒有多少。据查证,印度十亿多人口,佛教徒大约只有五百万人,可是最早的佛教是从印度输出的。这么一个在历史上输出了佛教文化的地方,对世界文化产生了深刻的影响,贡献非常之大,可是现在,它自己的大部分国民却不信仰这个文化了,绝大国民都信印度教和伊斯兰教。所以,我就回答那位教授说:我是佛教徒,我这次到印度来，是因为这里是释迦牟尼创教的地方，是佛教的故乡，我是怀着非常虔诚的心来到这片土地上的，结果却令我失望了。我相信印度朋友一定不会认为佛教是邪教，而是一定知道佛教是世界三大宗教之一，在人类的宗教史上有着不可磨灭的功绩。可是一些印度人为什么不相信产生于自己土地上的这个本土宗教了呢？我就想到，当年的阿育王（和我们的春秋战国同时期，比秦始皇早一点的时候）决定向全世界输出佛教之前，就定下了佛教立国的宗旨。可以说，阿育王时期的印度是全民信仰佛教的。阿育王向全世界输出佛教，也并不顺利，在中国也遇到了强大的阻力。后来经过了漫长的发展和磨合，佛教才慢慢为中国人知晓并接受，但其间充满了曲折。佛教自东汉明帝才正式进入中国，南朝宋末，菩提达摩来华传授佛法，创立禅宗，这也是佛教中国本土化的开始。佛教起初也有狂热期，很多皇帝信奉，像梁武帝时期，"南朝四百八十寺，多少楼台烟雨中"，那时全民信教。此后经过约二百年的时间，六祖慧能创立了南禅宗。一直到唐宪宗时代，韩愈写了《谏佛骨表》，反对皇帝信佛，他早上呈上这封批评信，晚上就被贬为潮州刺史，所以韩愈才有了这样的诗："一封朝奏九重天，夕贬潮州路八千。欲为圣明除弊事，肯将衰朽惜残年。云横秦岭家何在？雪拥蓝关马不前。知汝远来应有意，好收吾骨瘴江边。"这都是因为佛教。中国对印度佛教从无知，到排斥，到接纳，经过多少代的斗争，有时激烈有时舒缓，最终将它变成了中国本土文化不可分割的一部分。从佛教最初进入中国到现在将近两千年过去了，佛教在中国仍然兴盛，说到中国的传统文化，一般都从儒、佛、道三方面来讲。佛教虽然本土化，但中国的佛教徒都知道佛教的故乡在印度，像我这样的居士，依然像朝圣者一样想朝拜佛教产生的国度。可是令我遗憾的是，人类最美好的东西被你们丢掉了。由佛教我想到了马克思主义。我到过马克思的故乡德国，可那里很难找到马克思的痕迹，就像我在印度很难找到释迦牟尼一样。我问那位印度的哲学教授，你为什么要这么早地下结论，认为马克思主义一定会在中国消亡呢？佛教在中国遭遇的最大毁灭是唐武宗会昌年间的灭佛运动，何止杀了一二十万人？但佛教并没有因此而离开中国。中国人有强大的文化吐纳胃口，会根据自己国家的发展方向而向全世界学习。明代中期有一位大思想家叫王阳明，他在梳理了中国的历代经典之后，说了句话："抛却自家无尽藏，沿门持钵效贫儿。"意思是说，我要把老祖宗给我的所有宝藏都抛弃，拿着要饭的碗，一家家地去讨文化，来养活我自己。中国从印度讨回了佛教，从欧洲讨回了马克思主义。你们扔掉了不要紧，但你们不要说它一定会消亡。我们用了一千年才把佛教改造成中国自己文化的一部分，马克思主义传入中国也不过一百年而已，难道你们认为它会在中国死掉吗？从佛教的本土化进程来看，我们还有九百年的试验期，事危不举，国信何彰？我讲完这席话之后，这位印度教授似乎受到了震撼，第二天一早跑来找我说："你把道理讲清楚了，我很感动。"这是因为，我没有跟他讲政治，而是讲文化，我是从佛教讲到马克思主义的。今天我讲这个故事，绝没有自我标榜的意思，只是想告诉诸位，不要轻易对某件事下结论。你要穿过历史的时空，想想这件事的前因后果。你的思想要有这种穿透力，要能把人类的历史放在案头上来研究，然后才能对某一件事做出判断。中国古人有"天人合一"的思想，就是说人类活动与自然变化有异曲同工之妙。自然有风雨雷霆，人间有喜怒哀乐，都是一样的，这就是道教所说的"小周天"和"大周天"的关系。一个人做了很多好事，老百姓都享受到了，但老百姓不知道是你给的，这叫春风化雨，这样的人是圣人。所以说，孔子的思想是伟大的，他在两千五百多年前就讲出了这五种人。

说实话，要达到贤人和圣人这么高的境界很难很难，但君子是可以达到的。所以对芸芸众生来说，我们应该提倡一种"君子政治"。君子就属于文人情怀的范围。君子偶尔一件事情做得像圣人，偶尔一件事情做得像贤人，但他不是圣人，不是贤人，这就够了。我到青城山游览的时候，看到于右任先生的一副对联，它的下联是"自古名山待圣人"。那是因为抗战的时候，他感觉到中国没有圣人，没有人出来力挽狂澜，出来挽救中华民族，他感到很郁闷。学习过历史的人就会知道，呼唤明君、呼唤清明的政治，是中国人内心中共有的期待，大家都在等待某个圣人。所以"圣人出，黄河清"，这句民谣从古流传至今。

庄子对人的分类与评价，与孔子略有不同。庄子对人的划分，比孔子多了一个隐士阶层。他划分出六种人。庄子说："刻意尚行，离世异俗，高论怨诽，为亢而已矣。此山谷之士。"就是说，一天到晚，千方百计，让自己和大家做事不一样，你们都留头发我就剃光头，你们都喝茶，我就大碗喝酒，你们都穿西装，我就穿长袍马褂，一定要搞得与众不同，每当社会上出了一件事他就想办法去批判它，显示自己的才华，像一个"意见领袖"似的。这种人叫"山谷之士"，这种人不可相处。"非世之人，枯槁赴渊者之所好也。"这种人一定不是这个世界上能够用得着的人，他可以毁灭自己，但是千万不能让他去毁灭我们的生活和我们的道德规范。第二种人，"语仁义忠信，恭俭推让，为修而已矣。此平世之士。"就是说，一般的普通众生就是这样的。普通众生也有小心眼的，也有小人，但是他跟你讲的话一定是讲仁义的话、讲忠信的话，他内心不忠信，但跟别人讲话还是讲忠信的。他跟自己的儿子讲，"你从小要学会做忠信之人"，他自己不忠信，但教育别人还是要忠信，这种人就是一般的老百姓。你不要对他要求太高，他的境界就这么高，这种人叫"平世之士"。第三种人，"语大功，立大名，礼君臣，正上下……"这种人是朝廷之士、官场之人，应该是社会的中坚力量。这种人不尚空谈，一切思路都围绕社会的治理而展开。第四种人，"就薮泽，处闲旷，钓鱼闲处，无为而已矣"。庄子称这种人为"江海之士"，属于"事不关己，高高挂起"的一种，国家出了问题，有大人物顶着，天塌下来高个儿顶着，跟他没关系，我只把自己家的二分田种好，没事就去钓鱼，江海之士就是闲情中人、避世之人。第五种人就是想长寿，学气功，到处去养生，这种人现在倒成了社会的主流。他们一天到晚想着怎么长寿，别的什么都不想，这就是"道引之士"。庄子说，要把这几种人都团结起来，作为国民，让每个人都觉得在你的统治下过日子很顺心，让每个人有疏导，有引导，也有约束，又让大家感觉生活在太平之中。你一天到晚没教导别人做任何事情，但是别人跟你在一起就不敢做坏事，这就是圣人。这是庄子的理论。

　　古人在讨论怎么做人方面的典籍可谓汗牛充栋，而且中国古代的大思想家，像老子、庄子、孔子、孟子等，他们考虑的不是哪个时代造出盛世，而是考虑人在这个世界上的根本是什么，以及如何守住这个根本。古人之所以说"圣人出，黄河清"，是因为黄河清不了，圣人也很难出。林彪说"五百年才出一个天才"，但五百年出来的天才可能还是小天才，大天才可能要上千年。圣人是多少代才出一个的。普通人敬畏之，愿仿效圣人，但实际上做不到。我有一次到九华山，在中闵园看到刻在石头上的十六个字：众生度尽，方证菩提；地狱未空，誓不成佛。意思是说，当所有的人到了极乐世界，才能证明我的救苦救难的慈悲；只要地狱里还有一个人、一个魔鬼存在，我就不能成佛。当时我四十二岁，正是苏东坡贬到黄州来的年龄，处于思想的转型期，一看到这对联，我立刻想到了"无产阶级只有解放全人类才能最后解放自己"这句话。我想，这个马克思不就是我们心中的佛吗？跟佛的话一模一样，异曲同工，这就是圣人的境界，这样的境界是很难做到的。但也不能因为做不到我们就不去做。人堕落起来是非常快的，要想高尚起来却非常慢，总要有人不停地提醒，才能让我们的心胸更高贵、更高雅，这总是好的。以上讲的是文人情怀的界定。

第二个话题：文人情怀的具体表现。

我觉得，讲文人情怀的具体表现，可以从大家耳熟能详的两句话说起。第一句是"先天下之忧而忧，后天下之乐而乐"。这是范仲淹写的《岳阳楼记》里的话。我几岁的时候就背得来。年纪稍长重读，当时只觉得他的语言非常美，思想很好，但还是没走进作者的心里，也不理解范仲淹为什么用这种方式来写《岳阳楼记》。等读了一些史书，研究了一些问题后，我就越发敬重范仲淹了。我先介绍一下范仲淹生活的时代。宋朝前七十年经历了宋太祖、宋太宗、宋真宗，以及宋仁宗的初年。我为什么要讲这个时间呢？是因为今天的我们也到了要出范仲淹的时代了，我们新中国成立也已经六十多年了，范仲淹就是这个时候在朝廷为官的。历史往往在相同的节点上产生相同的问题。宋代建立的初始阶段，由于一直埋头巩固政权，国策方面积累了很多的矛盾。人只要一太平，就会"饱暖思淫欲"，当了小官的想当大官，当了大官的想当更大的官，结果形成了"三冗"，即冗官、冗兵、冗费。官之多，兵之多，乱开支的费用高涨，局势已经大坏，却还不想改革。只要你想改革，所有的利益集团都上来与你作对，要把你弄掉。太宗的儿子真宗晚年多病，皇后刘娥很强势，代替丈夫处理国事。她垂帘听政了十一年，包括她丈夫的五年，她儿子的六年。这十一年中，不断有改革的呼声，但她一直不同意，她死后谥号被封为"章献"，与仁宗当朝时的太后之位连称为章献太后。真宗死后，范仲淹曾上书改革，但被章献太后阻止，范仲淹也因此遭贬官。章献太后死了，范仲淹又上书，希望仁宗改革，解决"三冗"的问题。当时冗官是多少呢？宋太祖得天下之初的高级干部，包括县令这一级，约五千人，到范仲淹呼吁改革的时候变成多少人呢？三万人！多了六倍。为什么会这样呢？因为当时一正多副的情况很多，享受什么什么级别的官员也很多，把所有的名目都搞足了，那时没有当了官而不能晋升的，论资排辈，早晚都会升迁。一方面官多，一方面做事的官又太少。为了让更多有才华的人为朝廷工作，就不停地增加科举数量。这样一来，少量的敢于担当、勤于做事的官员就被埋没在大量的庸官之中。官场的矛盾也就激化了。几乎没有精干的力量能够有效地推动国家机器的运转。第二个是冗兵。宋太祖举行开国大典时是二十二万军队，到范仲淹要改革的时候变成了一百六十万，翻了将近八倍，国家的负担非常重。第三个是冗费。官员的待遇，军费的开支，各种国家祭祀活动很多，宫观寺庙和楼堂馆所的建设也很多，官员的各种赏赐也多，还要用钱去买和平、换空间，例如向辽国和西夏送去的钱年年在增加，朝廷入不敷出，便不停地增加老百姓的课税，以至于民不聊生，各地陆续发生农民起义。在这种情况下，范仲淹认为，要改革就要解决"三冗"问题。说实话，你要把庸官清下去，比登天还难。只要他一开口，立刻就会有人上门说情。比如我是一个部长，我亲手提拔的人一大堆，部长手下的司局长也提拔了不少亲信。层层下去，勾勾绊绊，形成了一个庞大的官僚利益集团，动一个人就是动了一个集团，动了一个集团就是动了国家的根本。可以说，改革非常艰难。

庆历三年（公元1043年），仁宗大胆起用了范仲淹。范仲淹一个月内提出了十项改革措施：明黜陟、抑侥幸、精贡举、择官长、均公田、厚农桑、修武备、推恩信、重命令、减徭役。"明黜陟"是什么意思呢？就是官员为什么要高升，为什么要降职，都要有明确的条文规定，不能动不动就升一个官。范仲淹出任宰相后有这样一个故事：他决定裁汰庸官，第一批要裁掉一千多名官员。古人的裁官不是叫你就地休息，而是让你回去种田。现在让你提前退休都不愿意，那时是回去种田，这个难度就更大了。听说范仲淹就要批示裁官令了，一些朝廷大员、元老级的人就跑去对范仲淹说："范大人，笔下留情啊！一家人、一族人的衣食荣耀，都寄托在这一个当官的人身上，你把他弄掉了怎么办啊？"范仲淹把笔一放说："大人，宁可让他一家人哭、一族人哭，我也不能让天下人哭啊！"这就是文人的情怀。他是大文人！他的十项改革，全都是有的放矢，要解决朝廷多年的积弊。每一项改革都触动了权贵的利益、社会的痼疾。宋朝建国是在960年，范仲淹的"庆历新政"是在1043年秋天。范仲淹改革蓝图在胸，他的改革也是"一个中心""两个基本点"。"一个中心"就是把干部队伍整顿好。"两个基本点"，一个是教育问题，一个是农民问题。教育之风要正起来，要为国家培植真正有用的人才；不要对农民搞苛捐杂税。这种改革也是"一主两翼"。他亲自推动的"庆历新政"可谓"山雨欲来风满楼"，同五百多年后张居正的"万历新政"一样，都是文人改革，同出一辙。张居正比他更彻底，全国两万六千名高级干部，他一下子裁掉了六千多名，三个月之内完成，当时在北京当官的绝不能逗留北京，全部送回原籍，由当时的"武警"包送回去。为什么不让他们留北京呢？他怕裁下来的"老人"闹事。这些老人在中国政治生活中是很厉害的，送到各地去再回到北京来就很困难，扎起堆来干涉朝政就不可能了。张居正这一招很厉害，高官走了那么多，北京的"房价"一下子跌得很厉害。范仲淹也是这样，他八月份升为宰相，九月份提出改革主张；十月份就开始启动官员的升降，规矩出来了，改革措施出来了，十一月份杜绝用人的裙带关系，这山头那山头全部扫除，一个不留，十一月上旬是抑侥幸，十一月下旬是均公田。当官的占用了很多国家资产，所以当时的"国资委"要认真清理，全部要明细在账，登记在册，半个月推一个措施，半个月发一个文件。那时候"中央文件"是成堆地下发，比我们今天的改革密度要大很多。先解决"打铁还须自身硬"的问题，然后再为老百姓减徭役。从历史的经验看，真正的改革是为老百姓谋福祉，让社会稳定，不是利益集团之间的博弈。我们不要把利益集团的博弈也当成改革，那是不对的。范仲淹的改革一开始，就动了许多利益集团的"奶酪"，一时间所有的贵族利益集团，都嚷嚷说，范仲淹在搞"朋党政治"，攻击他带着一帮书生把朝廷弄得乌烟瘴气。后来遇到一件很小的事，让范仲淹的改革失败了。就是当时的"副宰相"杜衍的女婿苏舜钦，也是一位著名诗人，当时他的职务相当于今天国家"高检"的"检察长"。他说中秋节来了，单位应组织下属会个餐,打个牙祭,但当时已有规定,不能用公费开支。苏舜钦说,我掏腰包,出大头。然后把以前废旧的公文纸卖了一点钱,凑一凑,请部下喝酒。结果被"举报"了,说他带头破口子,作奸犯科,监守自盗,倒卖国家财产,满足自己花天酒地的需求。就这样上纲上线,告到了仁宗那里。仁宗顶不住压力,于是下旨把苏舜钦抓起来了。所以,有时候反腐败也是搞政治斗争的一种方法。苏舜钦在牢里关了半年,判决下来,削官为民,押解到苏州闲居。现在苏州的沧浪亭,就是苏舜钦到苏州以后买的。受到苏舜钦的牵连,范仲淹的改革盟友杜衍首先被"问责",说他对子女管教不严,撤销"副宰相"职务,降职为刺史,调出京城。前后不到两个月,改革的中坚力量全部被免官或撤职,范仲淹被贬到了河北。公元1043年的改革,仅仅持续了半年。到庆历四年(公元1044年),这帮改革的领袖全部都被贬官,离开了京城。其中就有一个属于改革集团的人物叫滕子京,被贬到了岳阳当太守。他一去后就修缮了岳阳楼。新楼落成,他请改革派的老领导、老主帅范仲淹为他写一篇《岳阳楼记》。范仲淹在这篇文章一开头就说:"庆历四年春,滕子京谪守巴陵郡……"第一句话就说他被贬到这里来了。其中最厉害的是他借洞庭湖来诉说自己的忧患,他写道:"淫雨霏霏,连月不开;阴风怒号,浊浪排空;日星隐曜,山岳潜形;商旅不行,樯倾楫摧;薄暮冥冥,虎啸猿啼。登斯楼也……"在这种情况之下登上岳阳楼,自然也就产生了"去国怀乡,忧谗畏讥,满目萧然,感极而悲者矣"的情怀。他还想到,离开了首都,离开了宰相的位子,可是国家"三冗"的问题还没有解决,又会卷土重来,看来这个问题的解决遥遥无期了。小人都在京城待着呢。反对改革的队伍里,有个姓王的官员甚至说,"苏舜钦事件"终于将他们改革者一网打尽了。当然,如果没有打尽,便没有这篇《岳阳楼记》了。范仲淹最后在文章里说道:"不以物喜,不以己悲。居庙堂之高,则忧其民;处江湖之远,则忧其君。是进亦忧,退亦忧,然则何时而乐耶?其必曰'先天下之忧而忧,后天下之乐而乐'欤!"这就是文人情怀的具体体现。范仲淹遭受了那么大的挫折,但他决不背叛朝廷、背叛他服务的政权。朝廷用他的时候,他要为老百姓说话,为老百姓做事;不用他的时候,他会担心皇帝,怕他做错事。所以他说,"居庙堂之高,则忧其民;处江湖之远,则忧其君"。我四十二岁以后读懂了《岳阳楼记》,觉得满纸兴亡,感慨非常。由此也悟到,文章哪能瞎写啊!在大文豪那里,每一篇文章里都记载了一个文人高贵的情怀和以天下为己任的责任与忧患。不像我们现在有的文人,喝喝咖啡就写一篇文章,那有什么意思呢?文章合为时而著,诗歌合为时而作。"忧谗畏讥",并不是因为小人多,诽谤我的多,我就不爱这个国家,就同我服务的这个政权离心离德了。这就不是君子所为,而是"有奶就是娘"的恶俗表现。这是文人情怀表现的一个方面。

　　我欣赏的第二句话是"登山则情满于山,观海则意溢于海"。这句话出自刘勰《文心雕龙·神思》。他说"神思方运,万涂竞萌,规矩虚位,刻镂无形",就是说,客观世界来撞击你心灵的时候,你得有所表现，你不能麻木不仁。大家都读过曹操的诗。建安十二年（公元207年），曹操过山海关，途经碣石，他写了《步出夏门行》这组诗。如果不了解历史，只能把它当作文学作品来读，它的意义就会失去很多。《步出夏门行》是组诗，一共四章，其中最有名的就是《观沧海》："东临碣石，以观沧海。水何澹澹，山岛竦峙。树木丛生，百草丰茂。秋风萧瑟，洪波涌起。日月之行，若出其中；星汉灿烂，若出其里。幸甚至哉，歌以咏志。"一听就知道，这是大人物的诗。像后来毛泽东的诗一样气势磅礴。曹操当时为什么要写这首诗呢？这得说点缘由。从汉朝开始，中国最大的忧患就在北方。西汉时候在西北，匈奴一直是强敌。但是到东汉的时候，忧患转到了东北，像乌桓、鲜卑等民族一次次来骚扰中原。东汉末年，作为国家政权的主要控制者，曹操心中知道，不把忧患除掉，中原不得安宁。所以，曹操率领二十万大军，带着谋士郭嘉去打了这一仗。白狼山一战斩杀了蹋顿和各部落王爷及以下的乌桓首领，投降的胡人与汉人共有二十多万，乌桓大败，由此为中原的发展赢得了将近两百年的时间。那一仗，乌桓败退后越过蒙古高原，然后又经过呼伦贝尔，退守在长白山。后来又过了两三百年的时间才建立了北魏政权，鲜卑拓跋氏的前身就是乌桓。曹操去打这一仗的时候，最让他忧伤的是他的"军师"郭嘉死于传染病，就在今天的北戴河附近死的，于是他写了《龟虽寿》："神龟虽寿，犹有竟时。腾蛇乘雾，终为土灰。老骥伏枥，志在千里。烈士暮年，壮心不已。盈缩之期，不但在天。养怡之福，可得永年。幸甚至哉，歌以咏志。"意思是说：五十多岁了，我志在统一中国，可是我的"智囊"却在这节骨眼上离开了我，老天爷为什么这么不帮我呢？他说"老骥伏枥，志在千里"，他的志向是既要处理好北方的民族问题，又要处理好南方的分裂问题。很多人因为《三国演义》对曹操误解太深。他实在是一个雄视千古的大政治家。"盈缩之期，不但在天。养怡之福，可得永年。"按理说，他这把年纪可以回去抱孙子了，这样还可以多活几年。但是不行啊，这个国家还是要发展的，他愿意承担这个重任。"知我罪我，在所不计。"他观了沧海，生出了无穷浩叹，这就是"观海则意溢于海"，就是他把周围见到的所有景物，同内心最深刻的感受，比如生离死别、喜怒哀乐、国破家亡等感受，凝聚到有限的语言里去体现。在曹操写《步出夏门行》这组诗的地方，往回退一百里地，出了另外一首名诗——陈子昂的《登幽州台歌》。幽州台那个地方我去过，就是山海关过来一点点，写这首诗的时候，陈子昂三十七岁，他是四十一岁时死的。如果不了解陈子昂的身世，恐怕不能理解这首诗的含义。"前不见古人，后不见来者。念天地之悠悠，独怆然而涕下。"他为什么会这么忧伤？他和写《反经》的作者赵蕤都是四川梓州人，还是同一年出生的，但他在公元700年就去世了，赵蕤的《反经》是在陈子昂去世十六年后才写出来的。陈子昂出名比赵蕤早。陈子昂走上仕途，正是武则天执政的时候。他对武则天窃取李家社稷、任用私党非常愤怒。这一时期，来自东北地区的少数民族叛乱也很厉害，那一年陈子昂以参军的身份，跟着部队去攻打制造骚乱的契丹人。

他屡屡向主帅献计，不可一味防守，要主动进击。但这个主帅就是不听，他还是不停地进言。主帅就向宰相武三思反映说，陈子昂屡屡"扰政"。宰相武三思说，这个家伙不是个好东西，就把他贬为"功曹"。陈子昂就成了个参谋，搞文书的，从"参谋长"变成了"参谋"。所以，他一个人在秋风萧瑟的时候登上幽州台，面对着茫茫塞外，他觉得自己怀才不遇，无法实现为国效力的决心，就写出了这首千古绝唱。他说"前不见古人"，潜台词是古代一定有欣赏我的帝王，有可以同我一起出生入死的朋友，但那是古人；"后不见来者"，我后面的众生与官场中，也会有欣赏我的人，也会有我肝胆相照的朋友，但我也看不到了。我能见到的只是眼前这萧瑟的山川，一片凄凉，环顾周围，就只有我一个书生"独怆然而涕下"。这就是"登山则情满于山"。刚才说曹操是"观海则意溢于海"。这两位诗人在大自然面前，表达的都是忧国忧民的家国情怀。多少年后，毛主席在蛇山写的诗："茫茫九派流中国，沉沉一线穿南北。烟雨莽苍苍，龟蛇锁大江。"同曹操、陈子昂的情怀如出一辙。所不同的是，毛泽东代表了又一代知识分子登上了中国的舞台。一代又一代具有高贵情怀的文人登上了中国历史舞台，有的铁马金戈，轰轰烈烈，有的怆然泪下，黯然谢幕。文人的情怀体现在君子、贤人、圣人这三种人里，更多的是君子，他能做贤人的事，能做圣人的事，但更多是做君子的事。

  第三个话题：讲一讲君子的四个标准。

  我反复想过，古人对"君子"有过很多概念，根据时代的发展，可能需要重新梳理一下。今天的君子，应该是个什么样的标准？我认为，衡量君子应有四个标准：第一是慎独，就是一个人，没有人监督，也能堂堂正正、清清白白做人；第二是忧患；第三是诚信；第四是勤勉。

先说慎独。慎独是非常难的一个境界。哪怕没有人监督，也不去做坏事，不起坏念头，这就叫慎独。做到这一点，首先要心地无私。禅宗为了把心练"空"，练得很安静，于是想了一个方法：盘腿打坐，眼睛微闭，放两个空碗，再放两个木盒子。一个碗里放黑豆，一个碗里放黄豆，摆在两侧。这时，打坐的人心里要什么都不想，用佛家的话讲，叫"一念不起"。如果起了一个念头，是不好的，就拈一颗黑豆放在木盒里；起了一个好念头，就拈一个黄豆放进木盒。黄豆、黑豆分开放。第一天下来，碗里的豆子很快就拈完了。为什么呢？想法太多嘛。而且，黑豆首先拈完，可见每一个人心中的杂念多于好念头。就这样坚持练下去，修到一定的时候拈黄豆很多了，黑豆慢慢少了。但是仅仅这样还不够。因为你想做善事，你的"空"还不够，还不合道。心如止水才对。要合道，就要达到"如"的境界。"如"在今天是个表假设关系的词，在佛教里是个哲学的境界，"如"就是寂然不动，由寂然不动结出来的"空观"叫"如果"，即修行的果实。一个人要修到最后，枯坐十天，最后黑豆没有，黄豆也没有，只有两个空碗，那就叫得道了，得到"如果"了，现在很少有这种人了。不过这修行的方法是对的。慎独之人就是要做到两个碗是空的。一个人要做到黄豆很多，黑豆只有一两颗，那就叫君子了。

第二个是忧患。忧患的前提是这个人有反省的能力。反省的能力不是每个人都有的。否定之否定，这是一种批判自己的精神。批判社会和他人比较容易，批判自己却很难。我再举个苏东坡的例子。苏东坡才华横溢，在黄州闲居阶段对历史人物重新评价，能够比较客观地看待问题。他对伍子胥、对范蠡的评价，表现了他思想的力量。他对历史人物的评价往往出人意料。他对诸葛亮有高屋建瓴的评价："取之以仁义，守之以仁义者，周也。"即周朝得天下是靠仁义得来的，周朝守天下也是靠仁义。"取之以诈力，守之以诈力者，秦也。"秦不是靠正当途径得到的天下。"以秦之所以取取之，以周之所以守守之者，汉也。"这是说刘邦，得到政权的方式也不很光彩，但是后来他守天下是用仁义的方式来守的。"仁义诈力杂用以取天下者，此孔明之所以失也。"就是说，诸葛亮又想用仁又想用诈，结合起来想去夺天下，所以他搞不好。第一，荆州刘表死，幼子刘琮立位，他劝刘备取而代之，这是不仁义的，刘备没听他的；第二，到四川刘璋那里，只说是借个地方走一走，却把他干掉了，这又是不仁义。因为这两个人对你都很好，你却把他们都弄掉。因此，他一辈子路走不远，六出祁山，还有北伐，总不能成功，这都是他的软肋，说明他的政治人品有点问题。以上都是苏轼对别人反省的力量，我当时看了之后出一身冷汗！这是因为诸葛亮一向被认为是文人的楷模，但苏东坡却从他身上发现了问题。这种深邃的思想，不是一般人能够达到的。一般的文人，闲来无聊的时候，花前月下，诗酒唱和，做点风花雪月的文章是可以的，但要用这个标准衡量一代文豪，则要求太低了。真正成就了苏东坡的，还是他的思想，绝不是别的。他反对王安石的变法，但对范仲淹很推崇。他对历史反省的能力，来源于他对自己的反省能力。他在黄州写了一篇文章——《黄州安国寺记》，大家都没有重视。人们都只知道《前赤壁赋》《后赤壁赋》，这样的文章大家都很欣赏。我看这两篇赋酣畅淋漓，对生命的领悟，才华的流露，可谓千古独步。但论其忧患，却没有范仲淹那么高，因为他没有当过宰相。但文辞之美可与范仲淹相媲美。他那篇讲个人反省能力而又能独辟蹊径的文章，就是《黄州安国寺记》。安国寺是黄州城南郊的一座建于后唐时期的寺庙，我前不久去了，感到非常惆怅，那座庙已经无复当年。这可是苏东坡找到灵魂的地方。当时我进去的时候是想让自己"灵魂出窍"的，但庙里的和尚、法器、建筑都显得局促、寒酸，与当年完全不是一回事了。范仲淹去世五年后，即嘉祐二年（公元1057年），苏东坡考取进士，对庆历的新政，苏东坡应该是知道的，只不过那时他还是个青年学生。到1079年，他已当了二十二年的官，却一直没升起来。这不是他的错。按孙叔敖的说法是大家没认识到他的本事，如果范仲淹继续干，他可能早就升起来了。他的最高职务是翰林大学士。1079年因为"乌台诗案"，他坐了半年牢，从湖州太守的官职上被贬到黄州当"人武部副部长"。他可以看公文，但没有签字权。实际上就是让他到黄州反省思过，这让他非常痛苦，也是他人生中受到的最大打击。这一年是元丰二年（公元1079年），他四十二岁。1080年，初到黄州的他"闭门却扫，收召魂魄，退伏思念，求所以自新之方"。就是说，他要把他散失在外面的魂魄一点点地收回。"收召魂魄"这句话说得很好。他要收的是两个：一个是"惊魂"，因为受到打击而惊魂未定。一个是自命不凡的"游魂"，所谓"游魂"，就是精神无所依托，没有归宿。惊魂与游魂都得收回来。收回来后就开始找自新之方，思量怎样重新做人。苏东坡意识到，世界观的问题没有解决，就是没有找到解决问题的根本。要把心收回来，知道怎样才能不犯错误，以后就能真不犯错误。后来，他走进了安国寺，因为不签公文，也不用上班，他就每天到安国寺来打坐，来反省自己做人。他在那段时间"旦来而暮归"，每天早上到安国寺来，闭门思过，天黑了再回家吃饭。就这样过了五年，终于清除了心灵的污垢。所以说，苏东坡在黄州完成了他的生命观、世界观的根本转变。没有这样一种闭门思过，日后怎么可能写得出《前赤壁赋》《后赤壁赋》，怎么写得出"大江东去浪淘尽，千古风流人物"这样豪迈的辞章？又怎么可能写出《寒食帖》这样的书法？可以说，1080年的苏轼死在了黄州，1084年从黄冈走到汝州去的，不再是苏轼了，而是苏东坡。这就是由反省而产生的人格魅力。我认为，忧患的前提是个人反省的能力。否则，忧患将成为无根之木、无源之水。如果你自己方向不对，你的忧患多了，对国家乃至一个地方、一个事业还是个破坏，心要正才能忧患。与刚才说的慎独一样，这是大文人的品质，更是政治家的品质。

关于勤勉，不用解释，大家也很清楚。吃苦耐劳，勤奋向上，都是君子必备的品质。不过，我个人认为，勤勉的同时，应该还要谦虚谨慎。古人言"君不密则失臣，臣不密则失身"，就是这个道理。说到这里，再讲个故事。西汉成帝时期有个宰相，叫孔光，是孔子的十四代孙，一个人当过三朝宰相。据说，孔光每次从皇宫出来，身上连一个纸片都没有带出来过，朋友们问他：今天你在宫中做些什么啊？他说今天天气很好。答非所问，顾左右而言他，谨言慎行，始终没有人知道皇上跟他说了些什么、他在皇宫里做了些什么。有一天，他回到家中，在桂花树下喝茶。他夫人说桂花开了，就顺便问他："你每天在哪里办公？"他说："在温室殿。"夫人又问他："那个殿里长了什么树啊？"他不回答，只是指着自家的桂花树，呵呵一笑说："这个桂花树很香啊！"又是环顾左右而言他。在糟糠之妻面前，连温室殿里长了什么树都不讲，可见慎独到极致。后来，"温树"这个典故就比喻在政要跟前工作始终谨慎的人。

与孔光一样谨慎的，还有明代的宋濂。宋濂是朱元璋的"文胆"，明代政治制度的设计师，宰相级的人物，也是有名的大文豪。朱元璋非常信任他，很多人都想通过宋濂去和皇帝套近乎，想通过宋濂攀龙附凤。宋濂为了回避，写了两个字"温树"，挂在书房的墙上。别人问他，皇上今天和你讨论什么问题啊？他把椅子往后一靠，指着"温树"两个字。意思是你不要问我这个问题，不要为难我。他始终很谦卑。朱元璋大宴群臣喝酒，他也不喝。朱元璋就想，这个家伙是装的还是真的不会喝酒？有一次，重阳节大宴群臣。朱元璋对宋濂说，今天无论如何你要喝一点。他说，谢谢皇上，您叫我喝我就喝。朱元璋故意拿大杯子给他，让他一口喝下去，他喝了后就人事不知，吐得一塌糊涂。朱元璋一看，宋大学士这是真的喝不了酒啊！就让人把他送回家。第二天一早，他就去跟皇上道歉，说皇上的赏赐享用不了，罪过罪过。皇上说，行了，你是真的不能喝酒，我还怕你是装的。有一天，朱元璋问他，昨天晚上干什么去了？他说，昨晚徐达到他家去喝了两杯茶。皇上把他的肩膀一拍说："好老头！"为什么朱元璋这么说呢？因为，皇上的探子已经告知，徐达昨晚到宋濂家里去了，而他一被问及就立刻回答了。皇上想，这个人是好人，守诚信，所以才让他教他的大儿子朱标怎么当皇帝。宋濂对历史人物的评价和苏东坡有异曲同工之妙。宋濂评价白居易说："乐天谪居江州，闻商妇琵琶，抆泪悲叹，可谓不善处患难矣。"意思是说白居易这个人官虽然当这么大，却不知道处世的哲学，更不懂得在朝廷为官的方式。你受了一点憋屈去跟一个老歌姬扯什么呢？你把自己看得也太低了！你作为朝廷的士大夫，再怎么样也不能把这点遭遇跟一个老歌姬说啊，还让她同情你呢。不足为训啊！这就是他通过读诗来读人。所以，文学作品大家都说好看，但读懂作品是要读者的阅历和学养做基础的。我现在也经常从作品里面去读人。宋濂后来的故事更让人揪心。他六十五岁后，连续申请了两三年要求告老还乡，朱元璋不得已，只好同意。临走时，朱元璋拉着他的手说："你教育好我的儿子，我照顾好你的子孙。"

宋濂感激得不得了。结果，宋濂刚走了一年，朱元璋就把他的儿子杀了，孙子也杀了，原因是说他们参与了胡惟庸的谋反。杀了他的儿子、孙子不说，朱元璋还下令把宋濂抓回来。宋濂身着麻衣，自己把手绑着，到了京城，朱元璋批示要杀他，但朱元璋的太子朱标不干了。朱标说："父皇，你不能这样干，我的先生是天下第一等的好人，你杀了他儿子，杀了他孙子，现在还要杀他。这不应该！"看到太子情绪激动，朱元璋折过一枝玫瑰花条递给朱标说："你把这花条弄干净。"玫瑰花条上有刺，朱标下不了手，朱元璋又拿回枝条，把花掐掉，又把花刺都捋了，然后交给朱标说："我要交给你一个光光的鞭子。"其意是暗示杀宋濂是为了让儿子顺利接班，不会有"刺儿头"出现。但朱标还是不干，仍为宋濂求情。朱元璋不答应，朱标一气之下就跳水自杀。周围的太监、御林军官兵见太子跳水了，纷纷跳到水中营救。朱标被救起来后。朱元璋很冷静，让救人的人排起队来，他一一检查。一件衣服没有脱就跳进水里的有十几个人，脱了裤子的有几个人，脱了鞋袜的也有几个人。朱元璋下令把脱袜子的人脚砍了，脱裤子的杀头，什么都没脱的升官。他说，我儿子都要死了，你还管你那破衣服干什么？这些人都不能用。所以，朱元璋有大心计。他看准朱标懦弱，过分依赖宋濂，所以才下决心把宋濂杀掉。宋濂待决之前，有一天朱元璋回后宫吃饭，马皇后把饭都准备好了，小酒杯只放一个，往常是两个，因为每天中午吃饭时马皇后要陪朱元璋喝几杯。朱元璋就问："你怎么不喝呢？"马皇后说："我哪有心思喝啊，我已经吃斋了，我为宋先生祈福。"听了马皇后的话，朱元璋把筷子放了下来，回到书房去闷闷坐了一个中午，出来后对马皇后说："看在你的面子上，我就不杀宋濂了。不杀他，让他一家流放。"宋濂受到赦免，立即给朱元璋写感谢信。他自从被抓，从来都没有说过一句为自己辩解的话。第二年，他死在四川的夔门，流放的路上。死后人们检点他的行装，依然没有见到他就这件事留下只言片语。人们把这些禀报给朱元璋。朱元璋也流下了眼泪，天下哪儿去找这样的"文胆"，这样的慎独、勤勉、诚信之人呢？

  今天，我从三个方面讲了文人的情怀。总而言之，古往今来的正人君子，大都有思想的洁癖，有道德的约束，但融入世间的生活，也都能做到经世济用，知行合一。理解他们的情怀，对指导我们自己的工作和生活，还是大有裨益的。以上都是我个人的观点，不对的地方请各位领导和朋友指正。谢谢大家！

2013年4月10日

在湖北省委办公厅的演讲

明代监察制度对后世的影响

"长江讲坛"的"廉政讲堂"今天首次开讲,我很荣幸被邀请来当第一个演讲者。我演讲的题目是《明代监察制度对后世的影响》。

首先,我讲一讲明代监察机关的设置。

明代一共存在二百七十七年。明代建国的时候,朱元璋四十岁,需要处理的麻头事太多,因此他一时抽不出时间来重新设置新的制度,一切都采用元朝遗留下来的政府衙门那一套。而这个政府衙门的设置,元代是继承宋代的,宋代是继承唐代的,一代一代传了下来。每个朝代略有增删,但大的格局基本没变。明代的都察院这个机构,今天我们称之为"中央纪律检查委员会",它是为防止各级领导干部的贪赃枉法而成立的一个监察机构。这个机构在宋代的时候,有三个分支:一个叫台院,一个叫殿院,一个叫察院。台、殿、察三院,构成了完整的御史台。这个御史台就是明代的都察院。

今天我们到北京城里去看,中央各部委的大门,有的朝东,有的朝南,有的朝北。这一点可不像中国的古代。古代的中央机关是放在一块的,大门朝南,而"御史台"这个机构大门是朝北的。面南为君,面北为臣,这个门向可显示,监察机关是直接替皇帝负责的,而其他的大门,是为老百姓办事的。所以,这样一个门向就从没改过。这是到明代我们的御史台还在紫禁城中,在皇帝肘腋之间,大门还是朝北的。

在这三个院中,台院就是总领、总部,就像我们的"总参"一样;殿院在皇宫里,"一把手"叫殿中御史里行,可以直接面对皇帝;察院就是办案机构,我们现在叫"反贪局",就是具体办案的地方。台院是总管的,殿院是在皇帝跟前随时听从诏旨或直接为皇帝负责的,察院是具体办案的。这样的一个结构,元代承继了宋代的,朱元璋承继了元朝的,也是这么分的。他的御史台的"一把手"的级别是"从一品"。从一品是什么意思呢?也就是今天的"副国级"。一品是宰相,从一品,就是比宰相低的"副国级"。这个设置,包括级别,跟今天差不多。但是,朱元璋在他登基之后,政权稳固了,就开始对国家的行政体制进行一次很大的改革。

从洪武三年(公元1370年)开始,到洪武十五年(公元1382年),朱元璋进行了类似我们今天的"行政体制改革"。他的行政体制改革举措之一,就是把宰相永久地废除,由皇帝直接掌管各部。从秦朝开始,中国就有宰相。此后每一个朝代都有宰相,但朱元璋却将其废除了。

他为什么这样做呢？因为在他执政的前十二年里面，一连有两个宰相，都因为"谋反"被杀头，这让他感觉到，在皇权和相权之间，总有一些矛盾不可调和。因此他决定亲自执政。用我们今天的话讲，就是由"国家主席"直接兼任"国务院总理"。这种改革竟然被西方所用了，就是"总统负责制"。中国丢掉了，但是在美国，现在的奥巴马一直就是总统直接行政。朱元璋不设宰相这个层级。到今天，我们延续的还是这个体制。不设宰相是朱元璋的一大发明，而且也被西方世界所用。

皇帝兼任宰相，直接做国家行政上的"操盘手"，这是改革的第一步。第二步是军事改革，取消了大都督府，就是我们今天叫作"中央军委"的机构。朱元璋怕大都督府的这个大元帅做大了，又会生出野心。朱元璋认为，大都督府的总督这一职位很容易把军权据为己有，变成一个人说了算。废除大都督府而分别成立五军都督府，五个大军事集团，直接替他负责，中间没有层次，不要最上级的那个"大元帅"了。这和不要宰相是一样的道理，担心大权旁落。第三步改革，就是监察制度改革，废除了"御史台"这个中央最高的监察机关。洪武十五年朱元璋将御史台改为都察院。当时把设在首都的中央监察机构，叫都察院，"法院"叫大理寺，"公安部"叫刑部。这个都察院，可不是我们今天的检察院，而是相当于"中纪委"。都察院的领导职数设置，朱元璋很奇怪地竟然设了六个官职，名称叫都御史，类似于我们今天的"纪委党组"吧。但当时都察院衙门品级较低，为正七品，大家都感到不理解，说这个皇上，怎么会这样去安排干部？怎么这样做事情呢？这个我后面还要讲到。其实，他当时的初衷是，在这六个都御史底下，还有监察御史。监察御史是分巡全国各地的。这个分巡全国，又跟我们今天说的不一样。监察御史都隶属于都察院，各省的监察御史全部在北京办公，由中央直接控制，类似于今天的"中央巡视组"，一事一授权。地方的案子报上来了，比如说我是"湖广道"，湖广道有四个监察御史，需要查案子了，都御史才把大印给你，你带着大印出京，就是"巡视"。今天查某某的事情，这个事情授权给你了，把印交给你，去现场办公。回来以后，这个印还得交回来。朱元璋又先后在全国设十三个承宣布政使司，这十三布政使司分别是浙江、江西、福建、广西、四川、山东、广东、河南、陕西、湖广、山西、云南、贵州。我们的湖北、湖南属于其中的湖广道。这十三道御史我们叫"道官"，道官就是监察干部。一共有多少人呢？全国的监察御史包括这六个都御史一起，总人数一百一十人。"纪检干部"竟然是这么小的一支队伍，来管全国的"纪检工作"，可见当时的大案的确不多。

  上面提到这些"纪检干部"品级都较低，监察都御史为正七品，各道监察御史为正九品。这项改革实施一年以后，朱元璋经过调查，又发现纪检干部的级别太低了，不利于工作，于是洪武十六年（公元1383年），升都察院为正三品衙门，第二年正月，又升为正二品衙门。此时的都御史中称为长官的一个叫左都御史，相当于"一把手"，一个叫右都御史，算是"二把手"。明代是直接承继元代的，只是元代的"一把手"是"右"。这是因为元代当政者是少数民族。中国从汉代开始，一直以左为大，因为汉代学的是楚国，楚国的"左尹"是最大的。楚国不称令，称公。如毛公、郑公，他称"公"，以左为大。朱元璋按照汉文化恢复以左为大。"一把手"叫左都御史，"二把手"叫右都御史。这两个是级别最高的。底下还有两个：左副都御史、右副都御史。然后，又有两个：左佥都御史、右佥都御史。就这样，两个左、右都御史是正二品；左、右副都御史是正三品。这样一来，级别上就提到了"正省级"。到了洪武十七年（公元1384年），他的改革才算完成。最终完成改革的这套行政编制，就变成了跟六部尚书一样的正二品级别，都察院也成为中央九大衙门之一。

　　朱元璋如此设置监察部门，还是颇用了一番心思的。他是想让小官管大官。大官有钱，可能会谋私，我就用一个小官管你。小官可以弹劾，把你弄掉。级别高的官员很有权力，有受贿贪墨的机会。监察干部是小官，手上又不掌握行政资源，这个低级职位从制度上保证了他的廉洁。他就采取这种方式，互相制约。不过，他最终还感到，不能让监察干部与其他衙门的落差太大，不然的话，这个"纪检干部"没人愿意当。所以，朱元璋慢慢地改了回来。但是终明一朝，"纪检干部"的级别一直很低。朱元璋设计的监察十三道地方长官的官员，简称"道官"，监察中央六部的监察干部，叫"科官"。全国行政区划本来是十三道，最后发现有十四道，就是云贵川是一道；广西和广东是一道；越南，那个时候越南是中国的，所以越南专门设一道，叫"交趾道"。明宣宗的时候，说这个越南让他自治吧，给他派个总督去就可以了，其他的官让他自治。在那之前，越南是中国的，一直是中国的一个行政省，是交趾道；明宣宗之后，交趾这一道去掉，就变成了十三道。这十三道御史，共一百一十个人，这是道官。道官是针对地方的监察，属于地方官员；科官是针对中央各部门的监察。我们现在不是也给各部门派"纪检组长"吗？纪检组长其实就是"科官"的演变。但是，"纪检组长"的权力可比那时的科官小得多。在明代，很多"正部级"干部因为贪腐，都是被"正处级"的科官干掉的。明代科官的办公地点与首辅办公的文渊阁紧挨着，叫"六科廊"。为什么叫"六科廊"呢？是因为正对吏、户、礼、兵、刑、工六部而成立了六个监察科。"科长"的级别是正七品，与县令同级，也就是今天的"正处"。但不要小瞧这个"正处"，握有的权力并不比"部长"小。明代的官阶场有很多不成文的规定，比如，副职的见正职的，正职的作个揖，副职的要鞠躬。身份悬殊但可以对面作揖的，就是"科官"和"部长"。六科一共有四十名"纪检干部"。这六科的六个"一把手"，叫"都给事中"，底下的官叫"给事中"。这四十个科官，没有年纪大的，都是从全国新考取的进士里面物色出来的风清气正的人来当这个官，当到四十多岁才"转岗"。这些人的权力有多大？这么说吧，他们是可以直接半夜去叫醒皇帝的！这是第一个；第二个，六科的"纪检干部"不归都察院管，而是直接归皇帝管。皇帝出来的诏旨，就是我们说的"中央文件"，相关六科的给事中要首先看，看了之后，他认为皇帝的文件不妥，奉还给皇帝，说你的文件不妥，不能下发,他还能监督皇帝。还有,一个人如果要升官,比方说这个人要从湖北调到中央,要高升中央的"部长",相当于"政治局委员"吧,就得由吏部尚书和管吏科的给事中首先商量,凡是被提拔的干部,都是吏部尚书和管吏科的给事中两个人一起找他谈话,然后两个人又陪他去拜见皇帝。任何时候,诸如拜见皇帝、提拔官员、调动财务,科官必有一个在场。他们就有这么大的权力。级别虽然只有"正处",但是谁见了都得敬重三分、惧怕三分。蒋介石学到了这一招,即用小官管大官。戴笠一辈子只是个少将,但掌握的生杀大权连副总统都怕他。皇帝早朝,能够在台阶上站在皇帝跟前的,左边是首辅,然后就是九卿;右边站着的,就是六科的给事中,这六个"正处"级干部独占一边。台阶下面站的都是"副部"干部。从这一点上来看,大家就知道科官多么重要。科官四十个人,和道官加起来一共一百五十个人,组成了当时的"中央纪检"两大系统。至于地方的"纪检"部门,跟中央的没有直接的关系。现在,地方的纪检部门,我们叫省纪委、省监察厅,那个时候,叫提刑按察使司和分巡道。在纪检系统的设置上,明代已经做得非常完备了。

接下来我讲第二部分:明代反腐的一些措施和办法。

有历史学家在谈到明史的时候,说过这么一段话:"明只一帝,朱洪武是也;明只一相,张江陵是也。"他是说,如果要从明代找两个代表性人物,那只有皇帝朱元璋,首辅张江陵。张江陵就是张居正。这个评价得到了史学界的认同。这两个人在执政时候的一些反腐措施,可以代表整个明代。我看可以从六个方面来看朱元璋廉政和反腐的一些措施。

第一，颁布"戒酒令"。朱元璋登基的第一年，天下初显稳定，战乱停止了，官员们都很轻松，就开始饮酒作乐了。所以，在明朝建立的第二年，朱元璋就下了"戒酒令"，就像我们2013年开始的"八项规定"，反"四风"一样，他在执政的第二年就开始了。他后来发觉，戒酒令颁布之后用处不大，大地方不能喝，我就改到小地方去喝，小地方不能喝，我就在家里喝，跟今天一样。朱元璋有本事，他说，要想戒酒令能够实现，那就不准造酒。他搞得更彻底一些。派人下去调查，当时造酒的原料不是高粱不是小麦，而是糯米，他就以诏旨的形式下发各地，全国老百姓不准种植糯米稻谷。他从根子上去铲除腐败。反腐廉政无小事，任何一件小事他都在琢磨。社会上没有酒卖了，你就喝不成了。当然，他做得有点过，这个在今天是不大可能实现的，但是他当时就是这么做的。这样一来，一下子就把这个事情给管住了。这对他来讲是"小试牛刀"，他就是从这些小事入手，一步步做成了大事。朱元璋跟农民们说，糯米只能用来造酒，不好吃，产量又低，因此要废除种植糯米。作为皇帝，他的威望很高，他说的话谁都愿意听，当然，也不能不听。

第二，给可能奢侈的人"打招呼"。在颁布了戒酒令之后，他首先召集那些投降、投诚过来的官员"打招呼"。他把张士诚、明玉珍、陈友谅等反王的部下，以及元朝的一些官员召集来开会，他说，我打江山用的最多的是濠州、泗洲、汝州、颍州这些穷地方的人，这些人一辈子苦惯了,艰苦朴素,现在即使都封侯拜相了,他们也奢侈不到哪里去,而你们过去是好日子过惯了,因此,腐败很容易从你们身上产生。你们要是学我那些老部下艰苦朴素,你们一辈子都会平安;如果你们把往日的那些奢靡作风带到我的新政权里来,那你就不要怪我不客气了。听了这些话,所有人都害怕,因为他是说到做到的。他还特别指出:"若肆志一时,虑不顾后,虽暂得快乐,旋复丧败。"那意思很明显,你们敢奢侈,我就要你们的脑袋,请你们考虑好,何为真富贵。训诫之后,他还真杀了几个不识时务的人。这部分人基本管住了。

第三,制定《女诫》,不让后宫干政。朱元璋老婆多啊,他有二十六个儿子、十六个女儿,一群女人给他生育。有这么多孩子、这么多老婆,就不能不考虑到,后宫不管好,女人一干政,就要出大事。因此他就跟朱升讲,你给我制定一个《女诫》,让女人们守戒律。我们常说"乡规民约",他这是"皇约"。朱升起草了一个文本,朱元璋自己亲自修改:"治天下者,修身为本,正家为先。正家之道,始于谨夫妇。后妃虽母仪天下,然不可使预政事。……观历代宫闱,政由内出,鲜有不为祸乱者也。夫内嬖惑人,甚于鸩毒。"他告诫老婆、女儿说,你们都是我的老婆、女儿,你们的任务,就是把屋子打扫清洁,生儿养女,过艰苦朴素的本分生活。朱元璋不准后宫谈政事,什么枕边风、耳边风,他一概不听。哪像我们现在一些腐败干部,一弄就牵连出老婆来,一弄就牵连出情人来。这个《女诫》颁布后,每一户人家刚进门的媳妇，都要背诵，这是最好的"警示教育"和道德教育。

第四，戒方物。所谓"戒方物"，就是把好玩的奢侈品全部毁掉。元朝的皇宫在北京，大将军徐达把北京打下来之后，就把元朝宫殿里的宝贝用车子运到了南京。其中最好玩的，是一个用水晶做的天文台。子丑寅卯辰巳午未申酉戌亥十二时辰，每到了一个时辰，那个小舞台就自动滑开，两个小铜人站起来，打中间的一个小鼓，告诉我们现在到了辰时或午时。这个东西很奇妙，宫里面的人就把它搬到了朱元璋的卧室，让他欣赏。朱元璋问，这是什么？回答说，这是元朝皇帝的爱物，是天下的宝物。他就在那看，马皇后这时在旁边说话了。她问朱元璋，你说什么是宝物？朱元璋说我知道，宝物就是民心。如果这个水晶宝物真的能保天下，元顺帝怎么会逃了？元朝怎么灭亡了？马皇后说，是啊！朱元璋就叫人拿来个榔头，把它砸了个粉碎。朱元璋反复说：这个不是宝，民心才是宝！这件事，《明史》记载得很清楚。还有一点，可以证明朱元璋的节俭朴素。我们湖北省蕲春县当时叫蕲州，那里的竹子做的凉席，比一般的凉席要凉，篾丝很细。蕲州府的知府到南京去开会，就夹了一张凉席，要送给皇帝。朱元璋在接见地方官员谈工作的时候，看到这个凉席，就说："古者方物之贡，唯服食器用。"意思是说，古代朝廷都有贡品，贡品的内容就是吃的、穿的、日常缺少不了的生活用品，没有奇巧耳目之娱的东西，有可能让我奢侈的东西，一个都不要。你这个凉席是生活用品，不是宝物，但是这也不对，因为朝廷没有给你下指标叫你进贡。我要什么礼物啊？

你们来南京，就等于是进贡了，你这个风气一开，各地的官员进京来，都给我带点东西，你们回去之后，再找老百姓勒索，这不是增加了老百姓的负担吗？你拿回去，从今以后，所有进京述职的人，什么都不准带！朱元璋就是这样，从每一件小事来做起。

　　第五，告诫子孙。刚才讲到了朱元璋告诫女眷，此外就是告诫子孙。在南京大内里面，在他住的房子和办公的地方之间，有很长的一条御道，御道两边是空地，本来是用来种植花草的。皇帝搞点园林绿化，本来也是应该的嘛，何况是在宫廷里面。可是这个地方没有种花，那干什么呢？他让太监去买了很多农具，锄头、耙子、粪桶等等，再把他的皇子们都找来，从几岁到三十多岁的，他要他们跟着他一起种地。同时，他还以身作则，每个星期吃两天"忆苦饭"，就是地菜、野菜什么的，叫他的儿女们全部跟着他一起吃，并告诉他们说，你爹就是吃这个长大的。然后，他让手下的文臣将古代的忠臣孝子，一个个模范人物，都画在儿女们的居所里。然后，还把他家族的苦难史，他一辈子的奋斗历程，他的父母是怎么饿死的，他是怎么当和尚的，又是怎么起兵的，都画成了"连环画"，作为励志的"教材"。他跟他的子女们讲：你们要戒奢，要永远保持根本。他在第一次检查这个绘画工程进度的时候，就跟子女们讲话说，富贵易骄，艰难易忘。富贵的人一般容易骄奢淫逸，艰难过完的人，容易忘掉自己的困难；我的后世子孙生长于深宫大院，只见富贵，只见奢侈，不知祖宗创业之难，故绘之以示子孙，使之朝夕观览，心有所警。现在，我们搞革命传统教育,有些人心里反感,说你执政党就会搞这些东西,借以抬高自己,却不知道这是中国的优良传统。我们需要这样一代代告诉后人,我们创业是如何的艰难。

第六,告诫身边的人。一个皇帝身边,有许许多多各种各样为他服务的人。朱元璋经常把所有的宦官找来开会,他说,我读史书,发现汉朝和唐代屡屡出现宦官出来干政,扰乱朝纲,往往弄得不可收拾。汉代的外戚和内宦,唐代后来的宦官,以及宋朝徽宗时期的童贯、梁师成这样的大太监,最后把国家给亡了,朱元璋为之感叹。他说:你们在人主之侧,一天到晚待在我身边,日渐亲近,我有时候觉得你们做得好,还信任你们。但是,开国承家,小人不可重用。你们要记住,你们可以为我服务,但不要在我面前有什么非分之想,幻想出去当个什么大官。有一天,有个人给他理发,这个理发匠理完之后,把他的头发扫到了一起,用一张皮纸包了起来。朱元璋发现后就问他这是干什么。理发匠说,这是皇上的龙须,不能丢在地上让人践踏,我得收起来保管。他说,你给我理了十几年发,都留着吗?理发匠回答说,都在。放到哪去了?放在我家里神台上供着。朱元璋于是叫锦衣卫到他家里去看看他是不是把头发供起来了。他怕那个人撒谎,怕他是在他面前讨好。锦衣卫到了理发匠家里一看,神台上有个木盒子,打开一看,某年某月某日理的发,一包一包的都在里面。于是就把盒子拿回去给朱元璋看。皇帝一看,笑着说,嘿,你这十几年,还真是有心啊,很好很好!一高兴,给了他一个三品的待遇,不让他当官,却享受"副省级"待遇。这是朱元璋的性格，赏罚分明。剃头匠是幸运的，但是也有非常不走运的人。有个宦官穿着新发的布鞋在雨里面跑，朱元璋看到之后就说，给你新发的布鞋，你就这样穿着在雨里跑，鞋底浸湿不是很快就会烂掉吗？把他两只脚给我砍下来！真砍了，说他残忍他也是真残忍。

朱元璋对别人严格，对自己也非常严。有一天，他叫史官进来，说，你把我这段话记下来，假如我没做到，将来我要遭天谴。"自古圣哲之君，知天下之难保也，故远声色，去奢靡，以图天下之安，是以天命眷顾，久而不厌。后世中才之主，当天下无事，侈心纵欲，鲜克有终。"意思是说，我的后世子孙，如果不能像我这样，而开始放纵奢侈，那么他们的末日很快就会到来了。"以朕观之，人君清心寡欲，勤于政事，不作无益以害有益，使民安田里、足衣食，熙熙皞皞而不自知，此即神仙也。"老百姓变成神仙了，当皇帝的就名垂青史了。"功业垂于简册，声名流于后世，此即长生不死也。"这就是朱元璋让史官记录在案的一段话。在这一点上，毛主席跟他有点相似，一颗赤子之心，永远让人景仰。所以说，朱元璋建国，是从廉政开始的。

下面我再讲张居正。张居正的改革，也是从反腐开始的。总结起来，也有五条。

第一条，不准身边人与官府打交道。

张居正，是在公元1572年阴历五月二十五日当首辅的，任命是在早晨宣布的,他在文渊阁的执房里面忙了一天,晚上回家第一件事情,就是把全家人找来。当时他最小的儿子才十岁,最大的儿子二十岁,他自己四十八岁,他有六个儿子一个女儿一个女婿,还有秘书、管家、警卫,百把号人。当天晚上就开会,他说,我现在向你们宣布,我今天升为宰辅,你们要支持我的工作。他接着说,儿孙不准和任何官府的人打交道,不准进任何官员的家,不准接受任何官员的馈赠,凡是有官员来家里找我谈事,一律不准带礼品。如果你们违背,家法从事。

这种人跟朱元璋一样,别人都很怕他,因为他说到做到。他的管家叫游七,是他老家江陵那里的人,还是他的表弟,老老实实跟了他一辈子,吃了不少苦。在张居正当了六年首辅之后,他无意中听说游七讨了一个小老婆,成了一位科官的连襟,那位科官以此炫耀,企图向张居止效忠。张居止雷霆大怒,立刻回家召开家庭会议。所有人都来了,张居正叫游七站出来,询问他是否与某位科官成了连襟。游七承认了,张居正厉声斥问:我是怎么定家规的?迹不入宫门,不和官家人打交道。人家把姨妹介绍给你当小老婆,不就是因为你是我的管家吗?张居正下令让警卫用廷杖的棍子打了游七一百棍,打得游七一条腿终身残疾。他真干得出来!所以他死的时候,他六个儿子不认识一个当官的,想去喊冤都找不到人。这是第一条禁令,不许身边人与官府打交道。

第二条,清理超标准干部待遇。

当官的多吃多占,自古皆然。张居正上任之初,官员的腐败现象还是很严重的。从武宗到穆宗的六十二年间,一连三个皇帝都没有认真整顿吏治,因此使得明代中叶成为中国历史上最腐败的时期之一。张居正上任伊始着手整顿吏治,就是抓官员的腐败问题。他首先清理官员的"勘合"。什么叫勘合呢?就是今天所说的护照。当时京城的官员到各地去视察或上任,由兵部发给护照,拿着这个护照,可以去住各地的驿站,因为那都是官办的。慢慢的,一些有能耐的人都在使用这个特权,而且接待规格也越来越高,每到一个驿站,地方官员要出界相迎,离开时还要送出地界,超标准的住房,超标准的吃喝,临走时还要馈赠礼物。到后来,凡是会搞关系的都弄到了一本勘合在手上。高官身边的工作人员,七大姑八大姨的,几乎人手一本。张居正一上任,第一件事就是把所有的勘合全部没收,把各个驿站的账核查一遍,包括花了多少钱,花在谁身上,怎么花的。这一查才知道,朝廷里几乎都没有好人了。张居正说,过去的不追究,从现在开始,按新规矩来。按级别核定接待费用,多花一点就自己掏腰包。通过这些措施,当年公费开支节约了几百万两银子。

第三条,堵塞制度性漏洞。

到了明代中期,奢侈、排场现象已经十分严重,社会风气非常恶劣,有些腐败甚至是制度性安排。比如孔子的后代,他的裔孙,被封为"衍圣公";还有龙虎山的张天师,这也是个"标杆式"的人物。这两个人都被封为一品待遇,允许他们每年到北京见一次皇帝,吃一次御宴,谈一谈,再回去。根据安排,衍圣公一路都是住在"迎宾馆",

他每次进京的队伍有几百人，把他们家里生产的酒、土特产带着，一路走一路卖，虽然价格很高，各地的官员还是争相购买。就这样来去一趟，游山玩水，最长要半年，最短也要三个月，花费颇大。张天师是一个道士，却被封为一品，还赐金印，包括衍圣公也是这样。张居正一上台，把两人的待遇都给撤销了，由一品改为七品，派专人把金印收回，三年进京一次，一次不准超过一个月，只许报不超过十个人的费用，沿途不准私自兜售东西。既然这两个人的特权都没有了，其他人的特权就更没有了。他这算是抓了"牛鼻子"，就把一些特权制度给改掉了。我们说反腐要从制度上找原因，有的制度，就是让你有腐败的可能。

第四条，遵纪守法无化外之人。

国家法律，任何人都得遵守，包括皇帝，包括皇亲国戚。历代的改革都没有张居正这么彻底的。有一天，张居正说到武清伯李伟——李太后的父亲，明神宗朱翊钧的外祖父——说他的待遇严重超标，住房等各方面都超了标准，要收回。这样一来，武清伯就不干了，找他的小皇帝外孙闹，找他女儿闹。张居正就对李太后晓以大义，说，要让大明的江山稳固长久，约束自己以及眷属是你母仪天下的分内之事。李太后这个人很不错，父亲她不敢训，就把她的弟弟叫来，狠狠地训斥了一顿。为什么呢？就是因为要他家的私田交税，他不交，说这是皇帝给的待遇。张居正让国舅爷这样的人把税都交了，哪个还敢说不交呢？因此，在张居正手上，国家财政一年好转，三年盈余，那么大的亏损，他一下子就给扭转过来了。从这个方面来说，反腐也可以提高"GDP"。制约皇权，这是古代任何一次改革都不敢做的事，张居正做了。

第五条，管好国家的钱袋子。

"国家"这个词，对于皇帝来说，会与我们常人的理解不一样。在他看来，国就是我的家，我的家就是国。张居正的改革是一定要把国和家分开。万历小皇帝登基后，仍按老规矩，经常要到太仓支取银两，赏赐后宫嫔妃，搞一些宫廷建设，花费比较大。张居正就搞了一个预算制度，比如今年的用钱计划，必须要在去年年底前，由司礼监和工部一起协商。今年皇上的祖陵、皇陵、家庙，有哪些建筑要安排资金，皇帝的衣服嫔妃的首饰要添置多少，事前要有预算，不能想拿就拿、想盖就盖。皇帝感觉这样很不适应，也很不高兴，张居正就想了个办法，把皇帝用的钱和国家用的钱分开，分成两个部。管理皇帝用钱的，叫"内廷公用库"，就像我们说的皇家银行；管理政府用的钱，在户部，叫"太仓"，就是国家银行。然后给公用库拨了全国专卖品的利润和矿山开矿利润这两块，作为皇家公用库的经济来源，剩下的各种税收，则是国家财政的来源，这可以叫"分灶吃饭"。分灶以后，你的钱一年进多少，不足的部分由国库按一定的比例进行补充，但不能毫无节制，要节省开支。这个改革在他之前没有，在他之后也没有。后来为什么小皇帝恨他？就同这种财政改革有关系。这也是张居正悲剧产生的缘由。我们说，资本主义萌芽是在明代中后期出现的，其实就是在张居正手上出现的。他用的完全是一种现代管理模式，具有民本主义色彩。

第六条，监察体制改革。

这种改革就是把由皇帝直接管理的六科，变成了由内阁管理。这个六科既监督皇帝，又监督百官。这个监察权的改变，使内阁推行的任何一项改革制度，都能非常快地推行下去。张居正可以称作一位伟大的改革家。他在世的时候，没有任何一个人敢动他，他是累死的。假如历史再给他十五年时间，那么，他的富国强兵的理想就可以完全实现。可惜他死得太早，五十七岁就死了。朱元璋七十岁死的，他是五十七岁死的。这两个明代的代表人物，在反腐和廉政建设这两个问题上，各有自己的招数，而且都还非常管用。应该说，张居正推行反腐和廉政建设比朱元璋更难，因为朱元璋是至高无上的，而张居正上面还有皇权。把这两个人在这两方面的作风进行一些比较研究，是有很好的启示意义的。

下面讲第三部分：明代是如何打"老虎"的？

"老虎"和"苍蝇"都要打，但是打老虎的难度要大很多。明代被打死的最大的"老虎"，一个是大太监刘瑾，一个是首辅严嵩。这个级别倒台的官员不止这两个，但是因为腐败倒台的，就是这两个。没有其他政治的原因，就是因为他们太腐败了。这两个人腐败的行为，今天听起来就像是天方夜谭。刘瑾是武宗皇帝身边的"服务人员"，是宦官。武宗继位的时候十四岁，他当太子的时候，身边有八个太监为他服务，算是他的"私人服务团队"。后来剩了七个，这七个人每天陪他玩，照顾他的生活起居。这七个人在明代被称为"七党"，包括刘瑾、马永成、张永、罗祥、魏彬、丘聚、谷大用。这七个人坏到一堆儿去了。登基当皇帝，对于武宗来说是很累的一件事，他不愿意当皇帝，他一辈子都没玩够，特别喜欢玩，要是有现在每年都举办的"春晚"之类的娱乐节目，他绝对是一把好手。他每天最想做的，就是花样翻新地去策划一些娱乐项目，想方设法地玩尽兴。他去上朝，那么多人把他包围了，他感到很累，一回来跟这七个人在一起玩，抓鸟、掏鸟蛋、养老虎，他都乐此不疲。有一天，他说他的钱不够花了，因为他还是孩子，不知道哪个地方有钱。刘瑾就跟他说，司礼监掌印太监王岳有钱。王岳是宦官的头儿，内朝的行政系统的"一把手"，叫司礼监掌印太监，底下还有四个副手，叫司礼监秉笔太监，下面还分二十四局，有三万多宦官，这是一个十分庞大的系统。天下的镇守使监军，就是所有"军区政委"都是由朝廷委派宦官去当，这件事就由司礼监掌印太监来管。王岳老是瞧不起刘瑾这一帮小子，老是训斥他们，所以，现在刘瑾就跟武宗说他有钱。武宗问，他怎么有钱？刘瑾说，天下的镇守使监军都是他派的，每个人当上这个监军都要给王岳进贡两万两银子，您现在要是去抄他的家，起码有三间房子的金银财宝。武宗听了，就动了心，但是他又不敢动，为什么呢？因为王岳是他父亲生前很信任的司礼监掌印太监。刘瑾就说，皇上，如果您不动他，不相信他贪污，我说个方法，您不妨试他一试。皇帝说，什么办法啊？刘瑾说，您下一道旨，把天下各地所有的镇守使一律换掉，重新任命。皇帝说，那怎么行呢！刘瑾说，您就说，每一个宦官都可以自由报名，谁给两万两银子，就让他去做镇守使。当时全国有五十多个镇守使。皇帝说那就试一试。他还真的做了，像儿戏一样。他一试，全部的镇守使，就地免职，重新一宣布，不到三天，一百多万两银子就摆到武宗皇帝那里去了。刘瑾说，现在您信了吧？他们都当了十几年的镇守使，您说他们有多少钱？这样一来，武宗就心动了，但是这样大面积换这么多"上将"级别的人，而且一下子换光，天下政局不稳，人心动荡，引起了朝廷内阁首辅刘健和两个次辅李东阳、谢迁三个人的不满。他们就跟皇帝交涉，说，怎么能这样！王岳也说，刘瑾是个坏家伙，您要不把这个人杀掉，将来后患无穷。皇帝还是个十几岁的孩子，好坏还不能分清楚，这么多人在说，他就动摇了。他说，好吧，明天早晨天一亮，我就下旨把他抓起来。但是，君子搞政治搞不赢小人，这几人回去了，等看明天早上抓人，中间就留了这么七八个小时的时间。其实，"翻盘"只需要三分钟。其中有个小人，参加了这次会议，他就偷偷地跟刘瑾说，坏了！天一亮就要抓你，抓你们七个人。别人见不到皇上，但是这七个人可以见到。他们直接推开门，进了皇帝的房间。皇帝还在睡觉，七个人就全都跪在皇帝的床前，说，皇帝您得救我们。皇帝还在装糊涂，怎么了？刘瑾说，就因为我说他们贪污，说他们银子多，他们就跑到您这里来瞎告状，反而我成了恶人。如果您要不为我们做主，那将来就没有人对您忠心耿耿了。皇帝说，那怎么办呢？刘瑾说，您现在就下旨，我连夜就把他给抓起来。皇帝说，那好吧。结果就把这几个人抓了。这就是宫廷政变，非常诡异，非常厉害。当时的大学士刘健、谢迁，吏部尚书韩文，宦官里面的司礼监掌印太监、秉笔太监五个人，全部是中央的"高级领导"，都抓的抓，撤的撤。五个太监发往南京充禁军，押出北京城，路上全部被杀害，然后刘瑾自己就当了司礼监掌印太监。五年时间里，刘瑾贪污了多少东西呢？抄他家的清单在明代朗瑛《七修类稿》卷十三的"刘朱货财"里面记得很清楚，我念给大家听听："金二十四万锭，又五万七千八百两；元宝（银）五百万锭，银八百万，又一百五十八万三千六百两。宝石二斗。金甲二，金钩三千。玉带四千一百六十二束，狮蛮带二束。金银汤盐五百。蟒衣四百七十袭。牙牌二匮。穿宫牌五百。金牌三。衮衣四。八爪金龙盔甲三千。玉琴一。玉瑶印一颗。以上金共一千二百五万七千八百两。银共二万五千九百五十八万三千六百两。"这相当于全国三年的财政收入了。这样的大贪，今天都没出现过。大家想一想，五年的时间，竟然贪了这么多东西！我看了这个单子，身上都冒冷汗！难道他就不怕哪天东窗事发吗？查办刘瑾的人叫张永，是司礼监秉笔太监，宦官里面的"二把手"。这个人当年跟王岳有点矛盾，刘瑾觉得他跟王岳有矛盾，就重用了他。有一次让他去宁夏，和当地的守备使杨一清平定宁夏王的叛乱。平定了之后，杨一清和张永先是互相试探对方，然后两人才敢说真话。张永说，如果不把刘瑾这个人干掉，武宗就被绑架了。刘瑾与首辅焦芳、吏部尚书张彩，这三个人狼狈为奸，整个国家都快完蛋了，而他的贪腐已经到了无以复加的地步，没有一个官不是用钱买的。杨一清说，你说的这些，不可能让武宗下旨除掉他。张永说，那怎么办？杨一清说，你不是说，他们家收藏了很多盔甲吗？不是还有龙袍吗？那么他是准备篡权的。你进宫，单独找武宗说这件事情。这样，就把腐败问题变成了政治问题。说刘瑾想谋反当皇帝，那是不可能的，他就是想当贪官。但是，只有往那上面引，才有可能除掉他。最后，张永找到武宗皇帝一说，武宗皇帝吓得哭起来了，当时他才十九岁，听说刘瑾要谋反，不知道该怎么办。张永说，你现在离开豹营，跟我一起住在南苑，暂时不要跟他们见面，其他的事情我来做。结果，杨一清秘密带兵进了北京城，来了一次大围剿，才把刘瑾除掉，然后清理出他的惊人的资产。

　　再讲另一只"大老虎"严嵩。严嵩是江西分宜人。世宗皇帝非常喜欢道教，一天到晚想着炼丹的事，希望吃下去能长生不老。严嵩每天陪他炼丹，炼完了之后就写一首颂诗，写得很好，拍马屁拍到地方了，后来就得到了世宗皇帝的信任，严嵩就被提拔为次辅，即内阁的"二把手"。"一把手"是他的老乡夏言。夏言有点瞧不起这个家伙。但严嵩一直忍着，后来找了个理由进谗言，皇帝就把夏言给腰斩了，严嵩就当了首辅。当了首辅以后，严嵩觉得没有人能成为他的对手了，于是就胆大妄为起来。他的儿子严世蕃等一帮人也明目张胆地开始卖官鬻爵了。他为了表现自己家族的"文化感"，给皇帝写了很多的颂词，还跟衍圣公结了儿女亲家，衍圣公的女儿嫁给了他儿子。由于他把官场搞得乌烟瘴气，许多官员敢怒而不敢言，最终，他的助手、次辅徐阶整整花了七年时间"做局",才把严嵩扳倒了,抄了他的家。抄出来的家产仅次于刘瑾,他是明代的第二大贪了。抄出这么多钱之后,世宗皇帝感叹说,他从哪搞来这么多钱啊?张居正认为严嵩的贪腐现象是政以贿成的原因,政治腐败,官场黑暗,不行贿你所有的事情都做不好。

刘瑾比严嵩早了三十年。三十年间,接连出现了刘瑾、严嵩这两大贪官,可见当时的官场是多么的腐败。张居正改革就是出现在这两大贪官之后,并且以反腐作为突破口。从那以后,像这样的大老虎,再也没有出现过。他已经从制度设计上,把有可能产生大老虎的空间给压缩下来了,没有那么大了。

今天耽误了大家两个多小时的时间,讲的不到之处,敬请批评。

2014 年 5 月 4 日
在湖北省图书馆"长江讲坛·廉政讲堂"的演讲

鄂东人文高地的历史脉络

黄冈市的领导请我来给大家讲一讲鄂东的人文历史,这是一个有趣的题目,因此我就答应了下来。今天,我就自己对鄂东人文历史的关注与思考,向在座的诸位做一个汇报。

十多年前,我到浙江绍兴参加"兰亭国际书法节",当时绍兴市委书记在开幕式上说了一句话:"我们绍兴是一个'人文高地',历代在这片土地上,英才辈出,'中华世纪坛'选出了四十位对中华文化有大贡献的杰出人物,我们绍兴独占三位,再加上一位浙江籍的,一共四位,占了将近十分之一,在全国唯此一家。"在晚宴敬酒的时候,我说:"书记,我想纠正一句话,在中华世纪坛上,还有一个地方,跟绍兴一样占有三位,再加上一位湖北籍的,一共四位。"他问:"那是哪儿?"我说:"是我的老家湖北黄冈,黄冈的三位是毕昇、李时珍、李四光，再加上宜昌的屈原，我们也是占十分之一。"他说："哎呀，对不起，对不起，我罚酒。"我经常因为这件事情而感到自豪。湖南的湘潭、浙江的绍兴、湖北的黄冈、四川的乐山，确实是中国近代史上的四个"人才高发区"，而黄冈和绍兴尤其引人注目。

我从故乡来，应知故乡事。鄂东的人文高地和人文精神的形成，其历史脉络非常清楚。我把它划分为三个阶段：第一个阶段是中唐到北宋，这是鄂东人文精神的培植期；第二个阶段是南宋至晚明，这是鄂东人文精神的发育期；第三个阶段是晚清汉口开埠以来，这一个半世纪是鄂东人文精神的爆发期。

一

第一个阶段，即中唐到北宋，是鄂东人文精神的培植期。在这将近四百年的时间里，有三位人物不得不提：杜牧、王禹偁、苏东坡。

杜牧在公元803年出生，852年去世，活了四十九岁。这个人用今天的话来说，是"太子党"出身。他的爷爷先后当过唐代德宗、顺宗、宪宗三朝的宰相。因此，他从小在蜜罐里长大，身上的名士气很足。但他是在一生最不得志的时候来到黄冈的，大约四十岁的时候。在这之前，他有一段非常辉煌的个人风流史，就是他在扬州的淮南节度使牛僧孺手下当书记。唐代的书记和现在的书记不一样，相当于一个"秘书长"吧。那时杜牧三十岁左右，在扬州过得非常潇洒。当官员要讲究自律，但扬州那个地方是中国第一等繁华之地，有"腰缠十万贯,骑鹤下扬州"之说。杜牧每天晚上和歌姬们喝花酒,彻夜不归,当然也不耽误白天上班、处理公文。有一天,牛僧孺升职要走,把杜牧找来说:你很有才华和能力,但是你的生活作风要检点一下。杜牧回答说:我非常检点,我每天下了班就回家。牛僧孺笑了一下,拿出一个盒子,说:这个盒子应该还给你。杜牧打开一看,原来里面全是他的行踪报告,是他每天晚上出去喝花酒时,牛僧孺派人暗地里保护他的真实记录。比如某天晚上,杜牧到了哪一个妓院,和哪一个歌姬在一起,等等。看到满满一盒子报告记录,杜牧傻眼了!牛僧孺之所以要把这一盒子跟踪报告原封不动地归还给杜牧,是提醒这位才子诗人要约束自己的行为,他怕后任不能像他那样保护杜牧,所以才以这种方式劝诫。正因为如此,杜牧一辈子对牛僧孺感激涕零。事后,杜牧很有感慨地写了一首诗:"落魄江湖载酒行,楚腰纤细掌中轻。十年一觉扬州梦,赢得青楼薄幸名。"他这是对自己行为的深刻反省。

武宗会昌二年(公元842年),杜牧来到黄州当刺史。当时的黄州非常落后,没有扬州那样繁华,没有那么多的青楼红馆和酒肆茶楼供他丰富的夜生活。他初来乍到很不适应,写了一首诗《忆齐安郡》记录他初到黄州的生活:"平生睡足处,云梦泽南州。一夜风欺竹,连江雨送秋。格卑常汩汩,力学强悠悠。终掉尘中手,潇湘钓漫流。"这和他写的"青山隐隐水迢迢,秋尽江南草未凋。二十四桥明月夜,玉人何处教吹箫"完全不一样,扬州那个地方是彻夜笙歌。可是黄州这里没有夜生活,他一生的觉都是在黄州睡的。因为没有别的可干,晚上只能睡觉,只能听着风把房外的竹子吹得哗哗响。竹子成了黄州的一个标志。今天在遗爱湖的生态修复工程中有"大洲竹影"一景,就是对竹影黄州的恢复。王禹偁、苏东坡和杜牧在诗中都写到黄州古城的竹子,"一夜风欺竹,连江雨送秋"。当时黄州城外就是长江,但是现在改道了。所以说,那时的黄州不是一个人文高地,也不是美丽的古城,而是有点偏僻和落后的。

杜牧在黄州写了三十多首诗。他在这里很少能够像在扬州时那样风流倜傥,郁闷的时候偏多。他的祖父杜佑是历史学家,所以杜牧从小受了家里的影响,喜欢历史,喜欢对天下山川做评判,又喜欢军事。他的《罪言》,针对藩镇割据、国家分裂的情况,上书皇帝力主削藩,恢复国家统一。这篇文章深得当时的宰相李德裕的欣赏,说他是个有大才的人,但这些才华在黄州用不上。因此,在苦闷之中,他写了《赤壁》。这首诗是继李白之后,更加明确地说明赤壁之战就是在这里发生的。杜牧在诗中直接点明赤壁之战就是发生在这里,"东风不与周郎便,铜雀春深锁二乔"。估计当时是有人在赤壁的江水里捞鱼,结果捞到了赤壁之战时所用的兵器,所以有"折戟沉沙铁未销"之句,他根据这个推断,黄州就是赤壁之战的发生地。

还有就是杜牧写的著名的"杏花村"这首诗。鄂东麻城的歧亭,应该是杜牧写"杏花村"真正的地方。原因有三:一是在公元842年的春节,他接到赴黄州担任刺史的任职调令。过完元宵节,他从洛阳东都出发，坐运河上的船，到了光州（现在叫光山）地界，从淮阴运河的古码头上岸，开始从光黄古道，经麻城，到黄州来上任，他到达黄州的时间是阴历四月二十一日。清明节那天，他刚好走到了麻城歧亭。当时飘着潇潇冷雨，歧亭那里正好有一个驿站，所以他写："清明时节雨纷纷，路上行人欲断魂。借问酒家何处有？牧童遥指杏花村。"麻城的歧亭在北纬32º，从北纬27º到北纬32º这一片区域，是长江中下游的亚热带，北纬32º过去是温带，低于北纬23º就是热带。只有在这样一个纬度之下的清明节，才有杏花开放，不是这个纬度，在这个季节是没有杏花的。我对杜牧上任黄州刺史的日期和地点做了一点考证和分析后，才认为他写诗的地点应该就在这里。这首诗，也是他对鄂东人文的贡献。

历史上关于三国时的赤壁之战到底是不是发生在黄州有很多争论。长江湖北境内有五处赤壁，蒲圻赤壁也有很多典实，佐证那里是大战发生地，这是不争的事实。可是好几位大文豪、大诗人都赞颂过黄冈的赤壁。如果没有杜牧的《赤壁》、苏东坡的《念奴娇·赤壁怀古》《前赤壁赋》《后赤壁赋》，黄冈赤壁的知名度不会有现在这么高。但最重要者，人们忽略李白，而是承认杜牧，这是因为杜牧的家世和他在这里住了三年的经历。重要的是他在诗中说到"折戟沉沙"，举证人们挖出了当时的兵器。所以，从某种意义上说，杜牧对黄州的文化起到了启蒙的作用。

"平生睡足处，云梦泽南州。"因为受到杜牧这首诗的影响，在他之后的王禹偁来到黄州当刺史后,特意在衙门里建了一个"睡足堂"。明代的罗贯中,在隆中为诸葛亮写了一首诗:"大梦谁先觉?平生我自知。草堂春睡足,窗外日迟迟。"这也是受了杜牧诗的影响。杜牧的诗在黄州地方文学和风物上起到的作用,功不可没。公元844年杜牧离开黄州,852年他就去世了,年仅四十九岁。杜牧离开黄州一百五十四年后,即北宋咸平元年(公元998年),王禹偁来到黄州担任刺史,当时他四十四岁,是朝廷的翰林学士、知制诰,即专门给皇帝起草文章的"大秘"。由于修编《太祖实录》,他得罪了皇帝,被贬到黄州当刺史。他一来到这里,依然感到黄州很落后。咸平二年(公元999年),他写了《黄冈竹楼记》,记叙了他被贬黄州后的生活。过去的城墙上可以修很多老屋,这个竹楼就是在黄冈古城西北角的城墙上建的。黄冈当时不像荆州那么发达,很早就有青砖的房子,它的主要建筑材料是竹子。这篇文章,就描述了他在竹楼里的生活是多么惬意,他在这里可以游戏、吟诗、弹琴,穿着鹤氅衣(用鸟羽制的披风),戴着道士所戴的头巾,很悠闲。来黄州后,他给皇帝写了一封信,说:我不敢奢望能够重新回到京城,重新见到皇上,一睹天颜。皇帝看后动了恻隐之心,说王禹偁被贬了这么长时间,还是让他回来吧。可是传说此时,黄州出了一件大事:两只老虎进了黄州城,吃人,打架。这在今天是不可思议的事情,在古代碰到这种事情,一定要八百里加急第一时间告诉皇上。皇上一听出了这种大事,便问:这是什么兆头啊?星象大师赶紧去卜卦,说黄州这个地方有凶气、煞气,这里的官员暂时都不能升官,否则会把这种煞气带到京城里来。于是,一位文弱的书生,因为两只老虎进了城,便连回京城的机会都没有了。咸平四年(公元 1001 年),朝廷让他到蕲州当刺史,结果他还没到任就去世了,年仅四十八岁,只留下一篇《黄冈竹楼记》和一个"睡足堂"给了后人。今天来看,杜牧和王禹偁都是英年早逝。当时黄冈当地的人都说:在黄州当官的人都短命。历史上就有这么多奇怪的事情。

  第三位来黄州的大名人就是苏东坡。元丰三年(公元 1080 年)二月,苏东坡来黄州报到(比杜牧晚二百三十八年)。苏东坡和杜牧来上任时走的路一样,也是由运河水路,经麻城,到黄州。苏东坡反对王安石变法,他们可谓是政敌。但他们同时又是惺惺相惜的两个大文豪。他离开黄州后,在南京见到了王安石,王安石送他走时感叹道:人间不知要过几百年才能出这样一位人物啊!苏东坡在世时,他的几位前辈都是如此赏识他。他二十二岁进入官场,到四十四岁一直平步青云,却由于"乌台诗案"遭受到前所未有的打击,被贬到了黄州。历史上,左震、杜牧、王禹偁都是对黄州文化建树有所贡献的集大成者。而苏东坡与黄州的相遇,既是历史给了黄州的一个大机缘,也是黄州给了苏东坡的一个大机缘。他与黄州相得益彰,正像辛弃疾在《贺新郎》这首词中写的,"我见青山多妩媚,料青山见我应如是"。

  苏东坡初到黄州饭都吃不饱,没有热水洗澡,生活很艰苦。安国寺的住持继连和尚说:你每个月到我这儿来几次,我给你烧水洗澡。

公元 1080 年（距今九百多年前）的黄州是"长江绕郭知鱼美，好竹连山觉笋香"，鱼和竹笋都是很生态的食物，但这里烹饪的水平与京城及杭州的饮食是没法比的，所以，苏东坡的生活落差很大。他是在锦绣中长大的。他最初中举时是在北宋的首都汴京，即今天的开封，又先后调任杭州、密州、徐州、湖州等地，这些都是非常富庶的地方，而一到黄州来，面临这种穷困潦倒的生活，他非常难受。在安国寺反省期间，苏东坡与当地的潘大临等几个土著文人交往，对当地这些文人影响很大，并通过这些文人影响着当地的文化。这样调整了两年，在公元 1082 年夏天，苏东坡才写出了流传千古的《前赤壁赋》，"壬戌之秋，七月既望，苏子与客泛舟游于赤壁之下……"这时他的心态比较超然。这里的"壬戌年"很巧，正是宋徽宗赵佶的诞辰。宋徽宗在苏东坡写《前赤壁赋》的时候还没有出生，他是该年阴历九月出生的，而苏东坡写《后赤壁赋》时，宋徽宗将满月。苏东坡于公元 1101 年去世，此时宋徽宗十九岁，刚刚登基一年，他在位二十五年，后于 1126 年被俘，成了亡国之君。他当俘虏受尽折磨，于五十四岁时去世。

苏东坡与杜牧两人的时代相隔了两个多世纪，在这段漫长的时间里，黄州的文化由杜牧、王禹偁及苏东坡这几位名人所引领，逐渐起到了示范效应，并慢慢地培育和渗透，最终发展到后来的锦绣文章。这三位名人有一些共同特点。第一，他们都是贬官。杜牧虽不是贬官，但他是在一生最不得志、怀才不遇的时候来到黄州的，很容易和当地的老百姓及土著知识分子打成一片。如果是仕途很顺的人是没有时间和心思跟这些草根知识分子来往的,所以当时他们的心态决定了他们的行动,他们对当地的文化建设起到了很大的作用。第二,他们来黄州时,都已步入中年,他们全部是四十岁以后到黄州来的,这个阶段是人在一生中完成价值观、人生观和历史观转变的关键时期,最容易让人产生忧患意识,也容易让人产生创新的爆发力,创作出一生中最为经典的作品。事实证明,杜牧一生中的代表作是在扬州和黄州写成的,王禹偁所达到的散文最高峰便是《黄冈竹楼记》,苏东坡更不用说,一首词、两篇赋、一篇《寒食帖》的书法,创造出了他在黄州的四个文学高峰。在中国的文化史上,贬官对于推动中国文化建设所做的贡献,黄州并不是个案,最典型的还有惠州(今广东)和儋州(今海南),这几个地方的文化发展都是由贬官推动的,并深刻地影响了当地的士人和草根阶层。第三,他们被贬前已是闻名的大文人,他们来到被贬地时倍受关注,在当时是叫"生活",走了之后,叫作历史和传说。这三人中,文人气最重的是王禹偁,他是宋朝建立前出生的,生性谨慎。而杜牧和苏东坡各是唐宋建立后出生的,他们对朝代没有对比,名士气非常浓,名士气的特点就是不拘小节,什么都不在乎,但是才华横溢,很容易表现,这种人对文化特别有吸附力。杜牧在这方面表现尤为突出,他什么都不在乎,因为他是宰相的孙子,父亲也是大官;他什么都不怕,因为他见过的事情太多了。这样离经叛道、不按常规出牌的名士气,特别容易为当地的文化人所接受和喜欢,也很容易改变一个地方的风气。所以说,唐宋时期是鄂东人文精神的培植期。

二

明清之际是鄂东人文精神的发育期。在明代中叶，中国的思想界有一个长约一个世纪的活跃期，这个活跃期来自王阳明的"心学"。王阳明的"心学"是在南宋陆九渊的基础上往前推进的。从武宗到嘉靖年代，中国的讲学之风非常盛行。这个时期的鄂东，跟我说的中唐和北宋时的鄂东不一样，中唐和北宋时的鄂东是外来人在引领这个地方，到了明清，则是鄂东"自主品牌"的文化人和外来人交相激荡，从而形成了文化大观。鄂东从明代嘉靖年间开始有了一个后劲十足的爬坡，嘉靖皇帝是从湖北安陆州（即钟祥）到北京当官的，他出生在湖北，对湖北人文的推动力较大。在嘉靖当皇帝之前，中国有两个"直辖市"，首都是北京的顺天府，陪都是南京的应天府。嘉靖十九岁当了皇帝，他的胆子很大，二十五岁时做了一件事：在湖北钟祥成立了第三个"直辖市"——承天府。这对当时整个湖北的发展提供了一次很大的机遇，鄂东也是在这次机遇中得到了很好的发展机会。当时黄冈出了一个道士，叫陶仲文，曾任黄梅县史，嘉靖年间升任辽东库大使。但是陶仲文是黄冈的一个另类，没有陶仲文，李时珍的御医是当不成的。相传陶仲文在陕西终南山学道，"种"出了一棵有九十九片叶子的灵芝。那实际是嫁接的，是假的。但他造得很像，随后献给嘉靖皇帝，说他在终南山上找到一棵万年灵芝，"九九至尊"才能享用。嘉靖皇帝就很高兴，经过一番谈话，嘉靖皇帝感觉他很有本事，于是把他留下来继续深谈。别看陶仲文一口黄冈话，他却有本事让嘉靖皇帝见了他一次就信任他，还把他调到身边，给他安排了一个小官职。嘉靖皇帝好道术，陶仲文就专门给他讲道术，帮他炼丹，因此深得世宗信任，先加封为少保、礼部尚书，又加少傅最后官居一品。陶仲文是湖北人在明代的武宗、世宗、穆宗、神宗四朝，官当得最大的两个人之一，另一个人是张居正，他们都是一品。当时很多想当官的人都要走陶仲文的路子，因为世宗皇帝信任他。李时珍是湖北蕲春人，与陶仲文是老乡，陶仲文就提了他一把，所以说他还是有点儿家乡观念的。就因为出了他这样一个人，朝廷对黄冈就有很大的照顾和提携，包括张居正，那时想要"安全"，也得跟他搞好关系。但是张居正心里是很厌恶这些旁门左道的，他认为左道惑众，当官后杀了一大批这类人，陶仲文在张居正当首辅前已死掉，但他的劣迹秽行还是遭到了批判，乃至后来黄冈人都不提他。但总的来说，陶仲文对黄冈是有贡献作用的，他依靠嘉靖皇帝，为黄冈做了些有益的事情，如捐资建黄州城外三台河桥，在北京修建黄冈会馆等。

到了隆庆时期，张居正掌权了。嘉靖皇帝死之前两年，张居正在湖北乃至中国政坛的影响力已经远远超过了陶仲文。世宗皇帝的遗诏就是他起草的。借这份遗诏，大量的冤假错案得到平反，世宗皇帝都闭眼睛了，哪有什么遗诏？没有，那是张居正写出来的。海瑞一案就是他建议当时的首辅徐阶平反的。那么，张居正对黄冈有什么贡献呢？大家都知道红安的三耿：耿定向、耿定理、耿定力。耿定向就是张居正一手栽培的，在改革初年，万历时期，张居正就提拔耿定向为福建巡抚,让他到福建实行"一条鞭法",丈量土地,所以耿定向就成了当时黄冈籍里官当得最大的。第二个被张居正重用的是麻城人梅国桢,这一点使得张居正一直为人所诟病,说他重用老乡。还有后来当了礼部尚书的方从哲、宜昌的王篆等,这些人都是大九卿。但是耿定向由于晚一辈没有进入第一核心,第一核心基本都是张居正的同学。耿定向进入了第二核心圈,随后就被调到了福建。他的弟弟耿定理一辈子没有当官,仅仅是个秀才。耿定力是隆庆五年(公元1571年)的进士,隆庆五年的主考官就是张居正。红安那时还不是一个县,耿定向于嘉靖三十五年(公元1556年)当上进士后,又当了几年的小官,通过各种关系给嘉靖皇帝写信,说要在湖北多设一个县,直到嘉靖四十二年(公元1563年)朝廷才批准,准予建县,初名新安,旋改黄安,县治设于原麻城县姜家畈。这是在嘉靖皇帝手上完成的,所以红安要感谢耿定向,这个县的建制是由他推动的。

张居正在朝的时候,全中国都在讲学,张居正的前任高拱、老师徐阶都喜欢讲学。耿定向在当时受这个风气的影响建立了"天台书院",也讲学。张居正在万历八年(公元1580年)一次性把全国的私学扫除,他这是搞舆论大一统。因为讲学的地方很容易误导老百姓的思想,让改革增加难度。鄂东的麻城因为天台书院成了湖北讲学的一个重要地方,耿定向在福建当官,而麻城就有福建人李贽开坛讲课的龙潭书院。李贽一辈子就是个举人,没考中进士,在礼部工作,一天到晚跟人搞不好关系,所有人都觉得这个人不太好打交道,喜欢认死理。他是做学问的人，但上面故意折磨他，让他担任礼部司务，负责勾销、收发公文。张居正当礼部尚书时就认识这个"疯子"，当首辅后，他认为这个"疯子"人品还不错，心地是坦率的，民意测验没有他，不是说明他有多坏，而是他不善于"拉选票"，张居正决定用用他。于是委任他当姚安知府，相当于今天的云南大理白族自治州州长。当时很多人捏了把汗，说他不具备这个能力，怎么能当地方长官。张居正说让他试试。李贽到任后，接触到实际问题，果然就烦了。据说，他后来在衙门里留下了个负责管理官印的人处理公文，自己却跑到鸡足山庙里参禅去了。按照张居正的"考成法"，李贽是要被撤官的，张居正虽然没有说，但李贽却自己提出辞官。

耿定向深知张居正的态度，要保护李贽，就建议李贽到红安讲学。所以大家只知道李贽到红安，却不知道他是在什么样的情况下去的。李贽是张居正在官场树立的另外一个形象。他后来并没有在官场上发展，因为按照张居正严厉的做事风格，如果给他定个渎职罪会让他下不来台。万历十二年（公元1584年），此时张居正已去世两年，没有了张居正这个后台，耿定向跟李贽翻脸了。但他的二弟耿定理跟李贽关系非常好，两人的学问相通，由于此时张居正正在被清算，耿定向作为朝廷的大官，认为自己不清算李贽一把，就脱不了干系，于是就把李贽赶走了。俗话说"请神容易送神难"，文人也不能太得罪，他手上有一支笔，到今天李贽留下来的著作中多篇文章都是在骂耿定向。大学教授们在研究时说耿定向很官僚，有很多问题，其依据就是因为李贽骂了他。

李贽离开已经单独建县的红安,到了麻城。他初到麻城没有地方住,最终在离麻城县城三十里地的芝佛庵找了个安身之地。李贽在麻城讲学,在鄂东、湖北乃至全国的影响都非常大。因为李贽是一个指标性的人物,是十六世纪继王阳明之后中国文化界的思想领袖,而这个思想领袖就住在麻城。当时的"公安三袁"是大文豪,他们分别到麻城来看他,并拜他为师。类似的很多全国这种指标性的人物都纷纷到麻城来看他。这样一来,以鄂东麻城为中心的理学、心学的研究被推上了一个高峰。如果说在唐宋时期,鄂东人文精神的培养主要在文学方面,那么明清时自从李贽来了之后,这里的整个人文精神便开始侧重在哲学上了。这样的风气一直延续到民国,鄂东一直是中国的思想库。就这一点来说,李贽和耿氏三兄弟功不可没。李贽的几部主要著作《焚书》《续焚书》《藏书》《续藏书》,全部是在麻城整理出来的,就像苏东坡最重要的作品是在黄州写出来的一样,特别是继王阳明的"知行合一"学说之后,他提出的"童心说",对当时中国的思想界产生了极大的冲击力。他说,人之初是婴儿,心之初是童心,童心的核心观点就是一切都是本体,都是透明的,一个人只有保持童心说真话,才能保持良心,绝不相信一个假话连篇的人能够做大事,能够为天地立心,为生命立命。这是李贽针对当时官场假话连篇、虚伪横行于世这一现象的犀利批判。"童心说"今天读来依然令人感到振聋发聩。在这个阶段,整个鄂东的讲学逐步从文学转到哲学,开始由客家文化转化为本土文化与客家文化的互动。

三

  第三个阶段为鸦片战争以来特别是汉口开埠之后的一个半世纪，是鄂东人文精神的爆发期，这一时期的鄂东文化对中国文化思想界影响很大。黄冈的人才经历了一千多年的积蓄与发展，终于像火山喷发一样，大量的人才一下子都展现出来，这一点非常不容易。而这一个半世纪，既是中国除旧布新、脱胎换骨、历史运程的大转移时期，也是黄冈人安邦济世、知行天下的灿烂季节。我认为，文化应该像生命一样，要慢慢生长，长得越慢，最后的爆发就越猛。黄冈的文化生长了一千多年，最后才爆发出来，产生了威力。

  这一时期的人才，我想讲讲从李贽的哲学繁衍到鄂东成为思想宝库的这几个人。中国的文人很多，但能够承担为国家思考的任务与责任的文人却很少。鄂东的哲学基础源远流长，初唐、盛唐时期产生的黄梅禅宗四祖、五祖、六祖，可以说中国佛教本土化是在鄂东黄梅这块土地上完成的。佛教那么多经典，唯有《六祖坛经》是中国的。这是中国佛教对世界文化的巨大贡献。"黄梅天下禅"这一说法，在佛教界是得到公认的。因为本文侧重讲儒学传承，故在黄梅禅这一题目上不做展开。

  儒学的传承从孔孟的哲学到董仲舒，然后到北宋的"二程"、南宋的朱熹，这一路走过来叫儒学的正统，接着从南宋的陆九渊到明代的湛若水、王阳明，然后到民国时期新儒家的两位领头人梁漱溟和熊十力，以及到二十世纪下半叶的现当代新儒家学者。以儒学为基础的中国思想的薪火传承一直没有间断，新儒家学者中，鄂东就有熊十力与徐复观两人。

熊十力生在清末，1968年去世。他在1932年时就写出了《新唯识论》。他将佛教文化借鉴过来，成为中国哲学思考方法的一种。佛家讲"不二法门"，他讲"体用不二"。这部书在中国历史上和思想上的价值都非常高，所以《大英百科全书》中说他和冯友兰两个人是二十世纪中国最杰出的哲学家。他说"重立大本、重开大用""保内圣，开新外王"。用"内圣"开出"王"，"内圣"就是自身思想的修养，"王"就是王道。熊十力认为，中国进入二十世纪所面临的问题并不是孔子和孟子时代面临的问题，而是在他们学问的基础上的伸展。他自觉承担继王阳明、魏源之后，重新建立认识当下中国的思想体系的重任。熊十力的《新唯识论》，可谓是中国新儒学的开山之作。这个人很倔强，非常不合群，他是继李贽之后的又一位鄂东文人的典范。

在熊十力之后，还有黄冈团风县人殷海光。殷海光只活到五十岁，他大量的著作也是四十多岁时完成的。相比殷海光在国内的名气，他在海外的名气更大，因为1949年3月他到了台湾，在那里的身份是《中央日报》主笔。李敖、龙应台、柏杨、颜元叔等都是他的学生，你看看这些学生就知道这位老师是什么样的人。所以李敖说："除了思想指向以外，殷海光的政论文章光芒万丈，出色得使敌人和朋友都为之失色，而且至今无人超越。"李敖个性狂傲，桀骜不驯，骂人从不留情，唯独对他的老师如此尊重，佩服得五体投地。殷海光跟熊十力不同，他认为在中国的传统文化里开拓不了新的思想，因此他对儒家文化泛道主义的倾向和中国文化采取的从古价值取向持批判态度。他认为应该依靠西方的实证论哲学的输入来补救中国思想界，呼吁中国人认知的独立。这两个老乡尽管采取的道路路径完全不同，但想解决的问题是一样的，即中国思想的未来和中国文化的走向，他们两人都慨然以"救中国文化"为己任。

第三位思想家就是浠水的徐复观。他最初是政治圈里炙手可热的人物，1943年曾任国民党派往延安的高级联络参谋，所以他与毛泽东、周恩来、董必武等一大批共产党的领导人都很熟。蒋介石很信任他，任命他为少将参议，他是蒋介石的十四位核心幕僚之一。1944年春，徐复观到重庆的勉仁书院拜访了同乡长辈、国学大师熊十力，表明自己喜欢儒家和哲学，尊其为师。熊十力很直接地对他说：要想做学问，得先脱了身上的军装。后来，徐复观到台湾果真脱了军装，去做学问。与熊十力的这次见面，让徐复观的人生观和世界观发生了根本的改变。他弃绝所有官场的引诱，退出了扶摇直上、春风得意的仕途，开始当一位独立的学者。二十世纪五十年代初，徐复观与唐君毅、牟宗三等成为"现代新儒学"的代表人物。徐复观所有的思想和治学方式，如鄂东人的性格一样刚正不阿，但他与殷海光的价值观可谓南辕北辙，分属于两个不同的思想阵营。徐复观与自己的老师熊十力一样，都是要在中国文化里开掘出新的资源来滋养中国的文化，发展和壮大中国的本体文化。所以，徐复观说，中国历朝历代一直贯串着体现人文精神的圣人之道，或曰理，与表现为无限制的君主专制的势的矛盾和冲突，这是中国历史的"死结"。在这三个人身上，都体现出了"位卑未敢忘忧国"的精神。他们的忧患意识与生俱来，都希望利用他们所学的知识服务于当下的时代、民族和国家。他们的表现与当年李贽和耿定理的表现是一致的。

这期间还有一位语言文字学家黄侃，他属于"章黄学派"，对现代训诂学理论的建设做出了贡献。黄侃是章太炎的得意弟子，黄侃一生中在学问上最崇拜两个人，一个是章太炎，一个是刘师培。但刘师培后来被袁世凯给收买了，相传他要黄侃帮袁世凯写一封劝进信，愿意给他三千块大洋，结果被黄侃臭骂了一顿。黄侃的身上体现了鄂东人固有的独立自由的人格、学问的尊严。这一时期鄂东文化界的代表人物还有董必武、李四光、陈潭秋、詹大悲、田桐、居正、闻一多、胡风、汤用彤等等。在这一批人身上，鄂东的人文精神从"独善其身"走向"兼济天下"。

四

鄂东的人文精神具体体现在哪些方面呢？简言之，第一，"知行合一"。这一点最早由明代心学集大成者王阳明提出。熊十力在《新唯识论》中提出了"体用不二，心物不二"，就是在知行合一的基础上发挥出来的。鄂东的先知和先哲们,始终贯串了"在行中知,在知中行"这样一个过程。比如说,辛亥革命武昌首义的爆发,就是知行合一的体现,熊十力、黄侃、李四光、田桐、居正、詹大悲等一批鄂东志士都参加了这次首义。中国共产党的成立,其一大代表中就有董必武、陈潭秋、包惠僧三人。他们都是在"行中知,知中行"。辛亥革命是当时最需要"行"的事情,鄂东人"行"了,后来发现在"行"的过程中还有新的思想、新的知识出现,鄂东人再求是,再力行。鄂东的人文精神里,第一个值得肯定的,就是在"知行合一"方面做得很好。

第二个值得肯定的是鄂东的"孤往精神"。"孤往精神"是熊十力提出来的。当年在台湾,居正先生逝世时,有人写了一篇纪念的文章,大意是说:湖北人敢为天下先,什么事情都敢做,经常有自己的抱负和孤独。一个人往往抱负大了就会孤独,我见过很多有抱负的人都很孤独,他会把天下看得很轻,不要说把官丢了,就是砍头也不要紧。所谓"砍头不要紧,只要主义真"。熊十力在《十力语要》中说:"人谓我孤冷。吾以为人不孤冷到极度,不堪与世谐和。"熊十力认为:做大学问、做大事业要孤冷。这种性格在鄂东人里面,表现得非常突出,孤冷到极致,子弹都可以打穿胸膛,但就是不妥协。从这一点上看,苏东坡孤冷,他在安国寺收招魂魄;李贽也孤冷,在麻城讲学十几年,从不向世俗妥协;耿定理孤冷,他不求功名,只做学问,至死只是生员,人称"八先生";黄侃孤冷,人称"黄十公子",辛亥革命时,他的足迹遍及鄂东蕲春、黄梅、广济、浠水、英山、麻城以及皖西宿松、太湖等两省八县的广大穷乡僻壤，号召人民组织起来，以国家兴亡为己任，推翻清廷的反动统治；后来的陈潭秋、董必武、李先念也一样，都是孤冷到奋不顾身，绝不依傍任何人；闻一多孤冷，宁可饮弹而死，也不向恶势力妥协。他们都有思想洁癖，绝不容许世俗的东西来侵扰。

鄂东人文精神的第三个特点就是"崇文尚武"。人们都说鄂东人的特点是文武全才。美国的学者在研究鄂东时，发现井冈山、大巴山、太行山等这些革命老区基本上是文化不高的地方，唯独大别山这片老区是中国的人文高地，有的地方的人是为了饥饿而革命，而这个地方的人是为了理想而革命。革命需要他们拿枪的时候，他们拿枪；需要他们弄文的时候，他们也弄文。举个例子：清朝末年时，为了唤醒民众，清政府开放了报禁，在第一时间办报的鄂东文化人几乎都是各大报纸的主编和创办人，比如殷海光当时是《中央日报》的主编，后来和胡适一起创办《自由中国》，在海内外的影响力非常大；徐复观在1949年创办的政治学术理论刊物《民主评论》，成为二十世纪五十年代至六十年代港台地区现代新儒家的主要舆论阵地；居正在民主革命时期，和田桐一起主持《中兴日报》，后到缅甸主持《光华日报》；黄侃在日本早稻田大学学习的时候，就和章太炎一起编《民报》；詹大悲1911年在汉口创办《大江报》；傅笠渔先后赴天津创办《新春秋》，赴大连任《泰东日报》总编辑，后又到天津任《益世报》主笔，又到北京筹办《新中华报》并任社长，后又接办《大公报》任主笔兼副经理。

所以说，这一时期整个鄂东人走的路首先是报人，然后是将军。比如：田桐在辛亥革命时，任战时总司令部秘书长，南京临时政府成立后，任内务部参事、参议院议员，后参与筹组中华革命党，任中华革命军湖北总司令；居正曾参与组织共进会，是辛亥革命武昌起义指挥者之一、辛亥革命元勋，后于1915年参加护国运动，任中华革命军东北军总司令，率部与北洋军鏖战胶东、三打济南，是一位出色的军事指挥家。鄂东的各县市往往都有将军县、教授县、作家县、报人县之美誉，可谓一县一品，各臻特色。由此可见，鄂东人都是乐于改造社会的热血人物，革命需要他们拿笔杆时就拿笔杆，需要拿枪杆时就拿枪杆，真正是文武双全。

统领鄂东人以上三个特质的思想，则是"忧患意识"。他们真正做到了范仲淹的"先天下之忧而忧，后天下之乐而乐"，但我发现这些先辈很有意思，他们的"先天下之忧而忧"做得很好，但"天下之乐"后还不快乐，因为他们又发现了新的问题，要去思考和解决。当然，在今天，鄂东人文精神的"接力棒"，已经传到了我们这一代人手上。我相信，我们一定能够秉承先辈强烈的忧患意识，继续拓宽和延续鄂东千百年来的精神长河。

2013年5月4日
在湖北省黄冈市委礼堂的演讲

历史中的大荆州

我对荆州的感情是很深的,今天来这里接受这份"荆州市文化顾问"的聘书,真有点诚惶诚恐。我知道这份聘书的重量和它背后的责任。读书人不怕人家轻薄他,就怕人家抬爱他,这一抬爱呢,他就自然而然认为自己应该尽一份责任了,就不敢懈怠。我在写历史小说《张居正》的时候,曾对荆州做过比较多的研究。最近,我看省委、省政府对荆州提出了一个"壮腰工程",荆州市委、市政府积极呼应,自己又提出了五个"壮腰"规划,其中有一个就是"文化壮腰"。这五个"壮腰"规划如果能够真能做到一起联动,前景将大为可期。不久前在北京开全国人大会期间,我和建明市长在一起,他向我仔细介绍了荆州这一年多来争取到的较大的国家支持的项目以及招商引资的情况。我刚才从武汉乘高铁来荆州的路上,沿途看到江汉平原上早春的惊蛰之气,就像传说中的青龙呼吸出来的那种磅礴的气势一样,真个是"云烟氤氲"。我笑说,这个地方的"气"旺起来了。1981年,我到北京去领一个全国中青年优秀新诗奖,第一次坐火车穿过华北平原的时候,我曾看到过类似于江汉平原这样的一种"气"。当时我就感到,我们的国家可能要面临和迎接未来的生机勃勃的几十年。一晃三十多年过去了,这种气,今天早晨我在火车上,在江汉平原上,又看到和感觉到了。由此我就想到,这"壮腰工程",最后是要把我们荆州重新变成"历史巨人"。荆州应该实施"文化壮腰",在文化建设上荆州是大有可为的。

今天我跟大家汇报的第一个内容,就是我对荆州历史的认识。

在中国这么多的历史文化名城和地级市里,荆州的历史是非常独特的。它不仅仅是古代楚国的发祥地,还是蜀国的发祥地,以及南北朝时期梁元帝的发迹地。大家知道,明清的时候,曾经发生过"湖广填四川"。今天的四川人说话和湖北人差不多,实际上,当年刘备从荆州带了二十万子弟兵入了四川。这是历史上的第一次荆州填四川,距今有一千八百多年了,乡音未改。后来,历史上又有过两次湖广填四川,分别是明朝初期和明清交接之际。荆州这个地方,在历史上长达十八个世纪的时间里,除去最近这一个世纪,一直是"文化输出"的大州。它不是去学别的文化,而是一直在输出自己的文化。所谓"文化优越感",在这个地方体现得非常突出。它的独特性也在于:这里是千百年以来的一个文化输出地。如果说这种文化不好,没有力量,它就不可能培养这三个朝代。所以仅从这一点来看,它在中国历史上一直拥有自己的强势文化。

另外,荆州还是一个少有的"文化富矿"。我们总是讲荆州的"楚文化",还有"三国文化",其实在这两个文化的主干上,还有很多种文化。这每一种文化,都有可能变成文化产业可以取材和利用的资源。荆州在历史上最鼎盛的时期,是古"九州"之一时的荆州,其地域大概相当于现在的华南及中南大部分地区。明朝统一以后,《大明一统志》里的荆州,就是今天湖北的整个西部。有多大呢?在大明的地理志上说得很清楚:"东至承天府沔阳州界二百里,西至四川夔州府巫山县界六百六十里,南至岳州(今岳阳)府澧州界一百九十八里,北至襄阳府宜城县二百四十五里。"从荆州城到南京,是二千七百一十五里,到北京是六千一百三十里。今天荆州所占的版图只有当时的三分之一,这是历史上中等的荆州。从那以后,这里的建制一直没有什么变化,只是分出了宜昌和恩施。它当时下辖三州十二县,荆门州、宜陵州、归州。荆门州就是今天的天门、荆门;宜陵州就是今天的宜昌;归州就是今天的秭归、兴山以及鄂西恩施的这一片。底下的十二个县,就是江陵、公安、石首、监利(这四个县都没变),以及潜江、松滋、枝江(这三个县划走了),还有当阳、长阳、宜都、远安、巴东,共三州十二个县。用现在的话说,荆州在明洪武时留下的城墙内,共有七个"副省级"单位。明朝时这个地方的州志和设置的中央分设机关,在湖北是最多的,比汉阳府、武昌府、襄阳府、黄州府都要多。当时荆州的地形,大家都知道,是"环列重山,带绕大泽","在江汉之间,为四集之地",说这个地方雄踞上游,几乎包括湖北的整个西部。"表里襄汉",是说荆州与襄阳、汉阳组成了湖北中部的"金三角"地区。荆州这个地方,在历史上一直也有敬鬼重祠的风习。大家都知道诗人屈原,屈原是位"大巫师",他的《九歌》写的全部是"通灵"的内容,当时楚国"文胆"的身份,不是叫"社科院院长"或"文史馆馆长",而是叫"巫师"。屈原、优孟,都担任过这个职务。所以,这个地方的人始终对天地存在一种独特的沟通方式,很像古代的玛雅人。从《天问》《离骚》里我们还可以看到,当时荆州的天气几乎相当于今天的岭南地区。可惜的是,今天很多美丽的植物和野生动物都没有了。所以,才有"橘生于淮南则为橘,生于淮北则为枳"之说。因为当时以淮河为南北分界线,今天却已经退到了长江。当时淮河沿岸的气候就像今天我们这里的气候;而我们现在的气候,就相当于当时岭南的气候。整个纬度的气温,在这两千年里发生了很大的变化。所以,当时这里的植被非常丰富,全是南方的植物,大象成群。而大家在河南殷墟博物馆中看到的用于占卜的龟甲,都是从楚国托运去的,都有海龟那么大。甚至可以说,没有楚国提供的龟壳,就没有留存至今的甲骨文。自春秋战国开始,我们这片土地的自然生态,一直在往"偏寒"的方向走。似乎所有热带地方的人,都是信鬼的,最极寒的地方的人也是信神的,所以,楚人重巫。当时楚国这个地方的气候实际上是接近热带的,这是重巫的气候环境。

江陵第一次成为荆州的首府，是在赤壁之战之后。赤壁之战是在公元208年，曹操攻破襄阳城以后，刘表的儿子刘琮到博望坡去投降，刘备带着他的部队往南撤退。这个地方当时叫南郡。秦始皇统一中国之后，把郢都（那时不叫荆州）改为南郡。"南郡"这个名字是秦始皇起的。当时，楚国荆州的首府在襄阳，这是在东汉末年汉灵帝的时候。后来曹操一进城，几乎没有停留，就把他的五千虎豹骑——他的"特别装甲部队"，也是当时最厉害的"野战军"，通过南漳直抵当阳，逼攻南郡。当时刘备还没有到达，而是赶到潜江境内的汉江口，与关羽相会，听说曹操占了南郡，他就从那个地方到了鄂州的樊口（当时属于江夏）。赤壁之战后，南郡这个地方又被周瑜占领了。然后才上演了历史上有名的"孔明借荆州"。孔明"借"了荆州，南郡才成为荆州的首府。这是在赤壁之战之后，公元三世纪初。荆州从那时候起就再也没有改变过，到今天已有一千八百多年了。我们的荆州府，就一直在这个地方。荆州人重教育，"好典章"，"美丰饰"，即喜欢浓烈的色彩；《朝野佥载》中还写到了此地"琵琶多于饭甑"，就是说，当时人们家里的琵琶，比吃饭的碗还要多；读书人"多于鲫鱼"，读书的人比湖里的鲫鱼还多。这可证明荆州的文风之盛。在宋朝，公元十世纪中期，荆州府学的生员（住校的学生）有七百多，学生之多，天下州府属第一。全国所有的州府的学生数量没有超得过荆州的。所以说，那时全国的教育，荆州是第一。今天，武汉成了湖北的中心，但历史上，很长一段时间，却是以荆州为中心的。荆州城内有两条河，其中之一是漕河。我上次问建明市长，他说漕河故址还在，一条通长江，一条通汉江。晋元帝的时候，人们在荆州开了一条河，从潜江经绵水，通到内陆的汉江，还有一条是直接从沙市通长江的，所以，那时候荆州的水系也非常发达。荆州最早的城，离今天的荆州古城五里地，是楚平王从枝城的"楚王城"迁徙到荆州后盖的。后来，楚平王杀了伍子胥的父亲和哥哥，伍子胥逃走了，逃走后帮吴王在苏州建了都城。今天的苏州城就是仿照当时的郢都建造的。所以，荆州城，即我们的郢都城，是苏州城的"母本"，两座古城都有八个陆地的城门、八个水门。我每次去苏州的时候，就会想到荆州，荆州在历史上比现在辉煌。

第二个话题，我要介绍一下历史上荆州古城的著名建筑。

一直到清代之前，荆州城里的建筑样式，在中国的古城中都是少有和罕见的，这就是我所说的"文化的独特性"。这种"罕见"，表现在哪些地方呢？我现在分门别类地来讲述。

先说"府"。在清代乾隆时期，荆州城里的王府有十七座，这些王府当时都还在。哪十七座呢？最大的是辽王府。明代永乐二年（公元1404年），朱元璋的儿子封到辽东的广宁，所以叫辽王府。此外，还有长阳王府、远安王府、巴东王府、松滋王府、益阳王府、衡阳王府、应山王府、宜城王府、枝江王府、沅陵王府、麻阳王府、肃宁王府、长垣王府、光泽王府、广元王府、蕲水王府，全部在荆州城里。这么多王府，其建制还是有区别的。皇帝的儿子为亲王，亲王的儿子为郡王，郡王的儿子只能称将军。皇帝的孙子也可以称"王"，皇帝的重孙就不能称"王"了。也就是说,这十七座王府中,有一座亲王府和十六座郡王府。2012年,大同市的市长(现任太原市市长)耿彦波,请我去看他们修复的大同古城。他带我看了三天的修复工程。当时他们在废墟上修了亲王府、九龙壁、照壁等。我看了之后说,你们的"规制"欠妥。他说,我们找不到当时的王府究竟是怎么修的这类资料。我就比照北京的恭王府,告诉他说,明代亲王府的尺寸,在《大内规略》这本典籍里写得一清二楚。他问那是怎么回事。我就把资料调出来给他看,包括门有多高,门上的铜钉有多少颗,进门的匾是什么样的,屋顶是什么样的,尺寸有多高,照壁是什么样的……所有的建筑规制,一清二楚。他一对照,发现他们修建的很多地方与当时的建筑不符。结果,不对的地方只好拆掉。他说,要建就建一个真正的明代亲王府。而荆州城里这么多王府,今天一座都看不见了。大同也看不见了,但是大同重新把它修起来了,成为旅游热点。耿彦波市长说 我不怕没有,就怕历史中没有记载。这句话,我觉得讲得非常好。不能无中生有,但是可以复建。无中生有,怎么去建它呢?那人家也不认啊!但是,荆州城里十七个王府的地址都有记载,每个王府建在什么地方,什么规制,有的连门匾、对联写的什么都可以查出来。

第二个就是"宫"——宫殿。宫,在过去的荆州城里是非常丰富的。大家知道,江渎宫在荆州城的东南,最早由楚国建造。梁元帝的开国大典,就是在江渎宫里举行的,后来又经过了多次修缮。公元552年,江渎宫里举行过梁元帝的开国大典。但是跟今天的规制和方式,完全不一样，我们没有恢复到当年的那种恢宏气势。曲江楼，是荆州宋代府学的原址。这个府学的地址，从唐代就没有变过，一千多年来，一直没有变过。全国府学没有变过的，有四川的阆中，就是张飞镇守过最后死在那里的那个阆中。那个府学里出了两个状元、几十个进士。阆中的蒋市长也请我去看过，那里也恢复了当年的规制。曲江楼在唐代的时候叫南楼，是这个府学前面的一个风水标志性的建筑。之所以叫南楼，是因为唐代大诗人张九龄被贬到荆州以后，经常在此楼上饮酒赋诗，观赏景色，是他邀朋结友的宴饮之地。到了南宋，时任江陵知府的张栻才把它更名为曲江楼。全国最知名的曲江楼有三座，一座是荆州的，可能现在还没有恢复；一座是西安城里的，杜甫在《丽人行》里写到的曲江。唐代的曲江楼已经没有了，但是新造的那座非常好。我曾被请到新建的曲江楼的顶楼上，宴饮了很多次。特别是这个季节，柳条返青了，站在高高的曲江楼第五层，看到栏杆外面的烟水柳色，心情为之一畅。还有一座，就是江苏省泰州市江堰区的曲江楼，今天还在。这三座曲江楼，在唐代的时候，最有名的就是西安和荆州的曲江楼。还有一座是雄楚楼。雄楚楼在北门城墙上，远安门东侧，始建于唐朝。这座楼留下了很多故事，它是"帝王楼"。杜甫当年登临此楼时，还写了赞美此楼的诗："西北高楼雄楚郢，远开山岳散江湖。"五代十国高季兴筑子城时，遂取"雄楚"二字为子城楼名。而曲江楼是"宰相楼"，和雄楚楼不一样，后来张居正也写了好几首关于曲江楼的诗。再一座是万卷阁，在府城的东街。这个万卷阁是宋咸平初，距今一千年前建的,是朱昂从汴京退休后与其兄弟居江陵时建造的,里面存放着他从多方收集和珍藏的几万卷书籍。荆州人称它为"进士楼"。这个楼里的藏书,在当时的楚地可谓第一。当然后来有一个藏书楼超过了它。有一个人建了一座博古堂,既是藏书楼,也是"将军楼"。所以说,荆州城内曾经拥有两大藏书楼。修建博古堂的那个人名叫田伟,是北京人。北京在北宋的时候属于辽国,但田伟是汉人,后来他偷偷背叛耶律王朝,投奔到北宋。宋徽宗授他为江陵尉,相当于今天的"县人民武装部部长",这个官比今天的官要大一点,相当于我们今天的"军分区"最高首长吧。当时荆州这个地方是"西控荆蛮"的军事重镇,荆州控制着大巴山、武陵山这两支山脉,像四川的泸州控制着大渝山脉那片一样,是整个朝廷的军事重镇。田伟这位将军非常喜欢读书,他把自己的钱全部用在了买书和收集书籍上。他的藏书有多少呢?有三万七千卷!并且没有一本是重复的。博古堂的藏书超过了万卷阁。就是因为这个城里有两大藏书楼,所以才有荆州的读书人比鲫鱼还多的说法。再就是绛雪堂。当时荆州有一种梨花,盛开时是红色的,不是白色的,这种梨花就像扬州的琼花一样,现在找不到了。这种红梨花,我也没找植物学家商讨和论证过,但历史上就是这样记载的。绛雪堂是在那棵梨花树前面修的,就像扬州的平山堂一样,用来赏红梨花的。欧阳修写过一首诗《千叶红梨花》来吟咏它"风轻绛雪樽前舞,日暖繁香露下闻"。意思是说:早晨的露水映衬着不胜娇羞的红梨花,煞是好看。这是文人雅居之所。再就是章华台。

章华台还有两个，一个在沙市，一个在监利。沙市的当时在府城外，而今天是在府城内，这些台子是登高眺望风光的地方。

再来说荆州城里的"寺"。荆州城里最早的寺，叫承天寺，后来又叫能仁寺，再后来叫承天能仁寺，建于西晋永和年间，在府城的西大街上。这是湖北最早的一座寺庙，早于今天的玉泉寺，也早于五祖寺、四祖寺，更早于武汉市内的几个寺，是非常古老的一座寺庙。然后就是当时道家的玄妙观。此外，还有个著名的息壤庙。息壤庙的来历，据说是当初大禹治水时，在绍兴留下了一块治水用的石头，而在荆州城里留下了一块治水的结泥，名为"息壤"，于是就建了息壤庙，作为大禹在这里治水的物证。万里长江，险在荆江。荆江治水，历代都是第一要务。另外，还有楚庄王庙、马援庙、关羽庙、三公庙。楚庄王庙是在城内建的，关羽庙在石码头上。我不知道这处遗址现在还有没有。现在，关羽庙全国到处都有，但中国第一个祭祀关羽的庙，是在我们荆州的石码头建的，就像第一个诸葛亮祠，是在汉中的定军山建的一样。所以，现在如果我们要恢复对三国文化中的关羽的祭祀，就应该恢复最早的石码头的关羽庙。三公庙，是为纪念当时在荆州工作过的三位"主要领导"而建的：晋代的杨佑、杜预、陶侃，这是历史上的三位名臣。唐代的荆州刺史要学习这三个人治理荆州，认为他们"德政"和"惠民"这两点做得非常好，他就把这三个荆州知府供在一个庙里来祭拜。这位刺史后来也当了副宰相。元结写了篇《三公庙记》，这在元结的文集里可以找到，元结后来当了宰相。我刚才说到的还不是荆州古城的全部建筑。我只是讲了有特点、有故事的建筑。那么，这里曾经有多少建筑形态呢？有府、宫、楼、阁、堂、台、祠、观、庙等等。在今天恢复古建筑的大同也好，扬州也好，还没有像荆州这样在建筑形态上如此完备的，这就是荆州古城的历史价值。荆州的每座建筑里都充满了故事，储藏着荆州的历史，这些有故事的人，大都是中国历史中大家耳熟能详的名人，这就是独特性。因此说，荆州古城值得重新恢复。

我说了很多荆州古城里的文物风华，但还有一个还没说到，就是张居正的大学士府。有人说，这个大学士府是侵占了辽王府，我经过考证发现，它根本没有侵占辽王府，两府的地点完全不同。张居正的大学士府值得重建，因为张居正这个伟大的改革家值得纪念。在荆州城中有据可查的古建筑，不但是旅游者喜欢关注的故事发生地，而且还有许多大文人的记载。杜甫在安史之乱后，曾经从夔州坐船穿过三峡，到荆州城里住了十来天，遍访荆州城里的古迹。他首先寻访的就是宋玉的故居。宋玉的故居在杜甫生活的时代还存在，老杜在宋玉故居前写了诗："摇落深知宋玉悲，风流儒雅亦吾师。怅望千秋一洒泪，萧条异代不同时。江山故宅空文藻，云雨荒台岂梦思。最是楚宫俱泯灭，舟人指点到今疑。"这首诗里说，宋玉的家还在，但是一直没有任何地方记载屈原的故居、屈原的家在哪儿。对于这个我很纳闷，我看了这么多的历史资料，也找了很多，连宋玉的住址都有历史记载，但就是见不到屈原的故居在荆州城里的记载。这也导致陆游在游秭归古城时,写了他对屈原故居的存疑:"一千五百年前事,唯有滩声似旧时。"陆游与屈原隔了一千五百年,江中的涛声还是一样,但他也没有说在荆州城里找到过屈原的故居。我为什么建议重修张居正故居呢?一来张居正的改革引起了当代人的普遍关注,二来是因为我们今天的这个城墙就是明代修的。

第三个话题,说说荆州大遗址保护范围之内的古迹。

我讲这个可能有点班门弄斧,因为关于这个话题,在荆州工作的同志比我要更熟悉一些。但我是从文字记载、从历史的遗迹上来辨析的。有一年河南开封请我去,因为我研究北宋历史先后几次到过开封,当时北宋都城的很多地名找不到了,通过考古发现,北宋的都城在离今天地面有三十三米深的地层之下。黄泛区的河流改道,曾让开封饱受其害,但这并不妨碍它重新建筑北宋盛世的汴梁城。我每次到开封,都带着《东京梦华录》和《汴梁志》,反复地在那里勾画,在那里寻找和察看。但荆州不存在这个问题,荆州城从明洪武年间到现在,山川地貌没有发生大的改变。我们的大遗址保护的范围,除了有些道路上的改变,有些遗迹荡然无存以外,地理形势没有任何改变。比如古人讲的龙山,就是八岭山的一个尾部,只是古人的记述跟我们今天的表述上有一点点差异而已。府城的荆阳门外,就是梁元帝陵,梁元帝名萧绎,既当过会稽太守,又当过江州刺史、荆州刺史。他是梁武帝的第七子。梁元帝是很幸福的,他在荆州称帝了,他死后的陵就在荆州城外。唐代的刘禹锡是"唐代八司马"之一,也是一个改革派。

他到荆州的时候，这个陵还在，因此他写了诗。但今天看不见这个陵了，是不是被遮蔽或者被盗墓者挖了，也许深埋了，反正现在已经没有了。但是刘禹锡生活的时候，还在这里写了一首《荆门道怀古》。"南国山川旧帝畿"，他称我们荆州是南国，是过去帝王的发迹之地。"宋台梁馆尚依稀"，他还看得见宋文帝和梁元帝曾镇守荆州的遗迹。他还写道："风吹落叶填宫井，火入荒陵化宝衣。"意思是说，来看梁元帝陵，这里却已经没有人护侍了，让他感到很忧伤。所以，这个大遗址里的梁元帝陵，我们也可以多用点力量来确定和"护侍"。这些遗迹在历史构成中也是有理由和有价值的。再就是梁元帝之后的宣帝陵和明帝陵。这两个陵在纪山，就是我们纪南城的纪山。刘禹锡头一天看了元帝陵，第二天去看宣、明二帝在纪山的陵。这两座陵还在，有他的诗为证。"玉马朝周从此辞，园陵寂寞对丰碑"，这个碑还在，是记录功绩的，只是园陵很寂寞了，很少有人迹。"千行宰树荆州道，暮雨萧萧闻子规"，只能听到杜鹃鸟在叫了。这是梁代的三个帝王陵，都在荆州城外。我们总是说"三国文化""楚文化"，我认为，不止这么多，我们荆州文化的类别非常丰富。

我还要再次说到耿彦波市长。耿彦波曾跟我讲：他愿意把大同历史梳理出一个大事年表，然后按照这个大事年表，有选择地在大同一个个地去恢复。首先要恢复寺庙，因为北魏是佛教中国化的有力推动者。荆州也一样，应该有一个历史大事年表，并找出主要历史遗址加以保护或复建。这里有三个帝王陵，唐代刘禹锡的诗写得非常清楚。

还有荆州的王墓，刚才说过的明代王府，有七个王埋葬的地方有明显标志。三个帝陵、七个王墓都在荆州城周围，都有具体的地点。我一会儿还要去看看"熊家大冢"。明以前对庄王墓的描述很清楚，主墓有多大，陪葬的殉葬墓有多少座，陪葬墓是什么规矩，排列是什么样的，都有记载。这里的楚平王墓、楚庄王墓，叫作"王墓"，这个"王"就比明王要大。所以，按照顺序就是楚王冢、梁帝陵、明王墓。再就是宰相墓。宰相墓在城里就有两座，分别是张居正墓、孙叔敖墓。在写了《张居正》之后，我有一次专门去谒拜了孙叔敖墓。荆州城里面的这两位宰相，都是历史上最有名的。司马迁在《史记·循吏列传》中将孙叔敖列为第一位，我说张居正"重用循吏，慎用清流"，就是源自孙叔敖的治理方式。我写了《张居正》，拍摄成了电视剧，我还想写《孙叔敖》。孙叔敖的写作难度要大一些，因为留下的史料太少。荆州大遗址除了陵墓，再就是楚国的都城——郢城。郢城的研究范围与种类很多，深入进去，可以创造出一门"郢城学"，成为楚文化研究的重要分支。

第四个话题，讲一讲荆州的历史文化名人。

荆州历史文化名人有很多，有些是大家耳熟能详的，也有一些可能是被大家所忽略的。说到荆州名人，我想先讲讲荆州历史上的宰相。孙叔敖大家是知道的，历史上对他的评价是"施政导民，上下和合"，非常符合今天的施政纲要，这是二千年前古人对他的评价。"吏无奸邪，盗贼不起"，"民皆乐其生"，"故三得相而不喜"，他和邓小平一样,是三起三落的高官,三次当令尹被罢免,最后依然当着令尹,并且在令尹任上鞠躬尽瘁。"三得相而不喜",就是三次当了宰相(令尹相当于后来的宰相),也并不表示出特别的高兴。为什么呢?"知其材自得之也",他知道自己的才华,所以这个宰相必须是他当。"三去相而不悔",为什么呢?因为他觉得,把他的宰相去掉的那个罪不是他的罪,所以他不后悔。司马迁在《史记》中是把他作为循吏第一来评价的。

孙叔敖之后,荆州城中又走出了几位有名的宰相。一是战国时期的伍子胥,一是三国时期的诸葛亮,再就是明代中叶的张居正。伍子胥自荆州向东,辅佐吴王夫差,让吴国强大了起来;诸葛亮自荆州向西,帮助刘备建立了蜀国;张居正自荆州向北,最终设计推行了"万历新政",使面临崩溃边缘的明王朝得以延缓它衰败的进程。有人问我,诸葛亮是山东人,你怎么把他列为荆州人呢?我说,诸葛亮是山东人这没错,但他十三岁时恰逢中原战乱,为了避祸,从山东来到了湖北的襄阳,跟随刘备襄赞机务时,他已经二十七岁了。"借荆州"以后,他就升为相当于今天的"中央军委参谋长"。因为那时候还没有国,是在荆州酝酿成立蜀国。成立蜀国以后,除了留下关羽镇守,荆州的整个政权和人马都带到了蜀国。因此可以说,诸葛亮是从荆州向西去当了宰相的。诸葛亮的成功和发迹,显然是在荆州。并非仅仅是诸葛亮的成功在荆州,我就说荆州是一个"宰相城"。如果仅仅因为孙叔敖、伍子胥、诸葛亮、张居正这四个人,也还不足以称荆州为"宰相城"。

翻阅历史，当过荆州刺史、荆州知府，后来当上宰相的人，有二十多个。新中国成立后，曾有一句话叫"荆州出干部"。在中国历史上，荆州就是一个出干部的地方，不仅仅是出省里的干部，还出国家和中央的干部。

除了宰相，荆州城中走出来的名臣也很多。晋朝的陶侃在荆州刺史的位置上，留下了很多政绩。他来的第一天，就感到荆州这里物资丰富，当地人很喜欢美食，而且还喜欢喝点儿酒，几乎所有的事情都要拿到酒席上去谈。陶侃就下了个文件，叫政府人员到各地去收缴那些酒具，收了以后，在荆州城外举行了一个仪式，将这些东西全部丢到江里去了，借此纠正喝酒误事的风气。如果现在去打捞，说不定还能打捞到晋朝的瓷器文物呢。陶侃是个很有建树的官员，在他之后就是谢安。晋朝南渡到南京来，王、谢这两个中原旺族支持着政权的运行。谢安当过荆州刺史。当时这个地方还有个大司马，叫桓温，驻军在荆州。这个桓温，也留下了很多典故。"树犹如此，人何以堪"即是其一。他说，当年他在山东琅琊当刺史的时候栽下的树，等他再回去时，已经过了一二十年，树已经长得很高了，他就感觉到，树都已经长成大树了，我还能不老么？如此一想，他就觉得自己一辈子没干成什么事。桓温还说过："（大丈夫）既不能流芳百世，不足复遗臭万年邪！"谢安在荆州与桓温共事，他看出桓温想篡权，想自己当皇帝，就处处想办法来阻止他，但又不能太明显，他是运用了自己的政治智慧，阻止了晋朝统治层的分裂。当时跟谢安一起的，同时属于桓温管辖的好朋友里面，还有一个关键的人物——习凿齿。他也在荆州，他在这儿也是作为桓温的智囊，跟谢安一起同朝为官。同时在荆州为官的，还有顾恺之、孟嘉，这在当时都是国内的一流人才，他们都住在荆州。习凿齿在这里写出了《汉晋春秋》，因为他住在荆州，对三国时的这段历史十分熟悉。他到荆州时，三国的历史才一百多年，他在荆州当地获得了不少宝贵资料，才写了这本史书。这位习凿齿是历史上有名的历史学家。在晋朝，荆州是南朝的仅次于南京的文化中心。龙山有个落帽台，就是习凿齿、谢安、顾恺之和桓温一起郊游时留下的故事。他们游到了八岭山，也就是龙山的位置，一阵风吹来，把孟嘉的帽子吹跑了，于是大家就一起取笑他。后代依照这个小故事演绎成一个落帽台。李白到江陵的时候，专门写了一首《九日龙山饮》，里面说到了落帽台的故事。如果恢复这样一些故事现场作为文化旅游景点，大家就会觉得这地方还真是有点看头。李白在某一年的重阳节去看落帽台，留下了一首《九日龙山饮》："九日龙山饮，黄花笑逐臣。醉看风落帽，舞爱月留人。"这番景色，我认为恢复起来也不难。

荆州在唐代时候更是江南的文化重镇。最早到这儿来当刺史，后来出去当了宰相的，是姚崇。姚崇当了四年的荆州刺史，任期结束临走时，荆州老百姓百般挽留，给皇帝写了"请愿书"，希望能把姚太守留下来。可是人家要去当宰相，也不好强留人家，那就继续升官吧。这个故事是《开元天宝遗事》里记载的，但后来也有人说此为误传。还有一个人，就是对唐代的政局起到过巨大的、定海神针一样作用的崔日用。他当时在荆州长史的位置上,看到了唐玄宗有危机,主要是太平公主干涉朝政。太平公主作为皇帝李隆基的姑姑,对朝廷的许多事情都要插手,而且培植了她自己的党羽,使得唐玄宗很难受。崔日用在荆州和长安隔得很远,可是他觉得有必要去提醒一下皇帝。他就进京去述职,唐玄宗问他:你有什么事情要陈述呀?他就说:您的姑姑太平公主有谋逆之心。皇帝一听,脸都白了,说你怎么跟我说这个问题。他回答:如果我不说,就是对皇上您不忠,这将危及社稷的安稳与您个人的安危。皇上问:那怎么办?他就问:皇上您有什么心结?皇上说,有太上皇在。言外之意,还有一个退休的皇帝在,我说不上话。他说:那您是听太上皇的,您当儿皇帝,还是您从太上皇那里把权收回来,您当皇帝?皇上说:那我这样不是不忠不孝吗?崔日用说:老百姓说的"孝",是承颜顺色,让父母大人高兴;而天子的"孝",是要安定国家,让社稷苍生得到幸福和安稳。您应该孝天下,而不是孝父母,皇上您看着办吧。他就这样帮皇上下了决心,躲过太上皇,把太平公主除掉了。因此,皇上就让他去当了宰相。这也是荆州城里的人物,这可不是一般的人物。刚才说到的谢安,阻止了桓温的政变,崔日用鼓励皇帝"清君侧",这都是非常不简单的事。还有一个韩朝宗,是在崔日用之后来的。这个人比前面的几个人能力要差一点儿,但这个人非常爱读书,所以李白跑到这里来找他:"生不用封万户侯,但愿一识韩荆州。""韩荆州"指的就是这个人。唐代文章之首、"唐宋八大家"位列第一的韩愈,当过江陵的"人武部部长",那是个"县级干部"。韩愈在这里干了四年,他的很多著作是在江陵写出来的,就像苏东坡的前后赤壁赋是在黄州写出来的一样。如果我们想要恢复江陵县衙,韩愈在这里写了哪些文章,可以一一标出。韩愈也是在这里说过:"李杜文章在,光焰万丈长",赞颂李白和杜甫。因为当时在这个地方,他看李白和杜甫的遗迹不难。然后就是李德裕。这个人吃饭的时候都在处理文件,是最忙的一个官员。他两度为相,执政朝纲七年,当了七年宰相。他也在荆州任过职,最终因为新党旧党之争,把他贬到了海南,并死在那里。还有宋朝的张孝祥,他是荆南湖北路安抚使。在宋代,荆州叫荆南府。寸金堤就是他修的,万盈仓也是他修的。当时的"国家粮库"和"荆江防洪工程"大权都在他的手上。据说,每一寸大堤像金子一样坚硬牢固,不可攻破,所以当时取名为"寸金堤"。他是治理荆州有非常之功的人。再一个就是曾经跟朱熹论道的张栻。在岳麓书院,千载论道,讨论当时中国的"核心价值观"是什么的问题。今天我们讲社会主义核心价值观,当时,朱熹提出"存天理,灭人欲"的"核心价值观"。张栻当过江陵县知县,他从这里出发到长沙,和朱熹两个人选定在岳麓书院,做了一次"千年雄辩"。最早的荆州城里头,还住了一个《射雕英雄传》里周伯通那样的老顽童,名叫老莱子,他是荆州土生土长的一个"哲学家"。他生活在春秋时期,跟老子、庄子差不多。鲁迅先生的文章中几次写到过这位老莱子。

刚才说到的名人,客籍居多。荆州本地还成长出了一批自己的"国家级名人":明代的杨溥,是仁宣时期的"三杨"之一,他当过内阁次辅,相当于今天的"国务院副总理"这个级别,后来又升为武英殿大学士,他死的时候,朝廷追赠其为左柱国太师,谥号文定。还有一个人,就是荆州城里的宗教领袖人物、天台宗的创始人智𫖮,也是我们荆州城里的人。他七岁时听能仁寺的和尚念《法华经》,他就觉得这个经好,他一天就背会了。他被称为"天台大师""智者大师",最终在天台山创立了中国佛教的天台宗。当阳玉泉寺就是他建的,一直到今天,日本的寺庙几乎全部供奉着他,天台宗在日本的影响非常之大。汉灵帝时期,佛教和佛寺开始进入江陵。在唐代,描述荆州是这样说的:"五里一寺,十里一庙。"到新中国成立初期,在大荆州的范围内,还有一千五百多座寺庙,荆州城内有六十多座。有如此规模的寺庙的地方,一个是河北的正定县(就是习近平总书记早年当县委副书记的地方),一个是荆州。我前年去了正定县,它已经恢复了百分之七十,建得非常好。我们为什么要讲"顶层设计"呢?就是它必须是要统筹的,不是民间自发的,要不总是显得不成气象,不成规模。

　　以上所讲,是我在研究荆州的历史的过程中得到的一些看法,可能有错讹之处,观点也不一定正确。回顾过去,大荆州有着辉煌的历史;眺望未来,荆州还会雄风再起,谱写华章。结束这个演讲之前,我念两首诗,一首诗是送给市委李新华书记的,另一首是送给李建明市长的。先念送给新华书记的诗:"梁国楼台楚国池,一城宰相半城诗。莫言青史归尘土,大写荆州总不迟。"再念送给建明市长的诗:"潇湘左接右中原,半是英雄半是仙。欣看章台新柳色,荆州岁岁是华年。"

从这两首诗中,大家可以看到我对荆州历史的总结,以及对荆州未来的期待。我相信,只要我们努力,荆州的前程会更美好。我给大家的汇报就到这里。不对的地方,请大家多多批评。谢谢大家!

2013 年 3 月 28 日
在湖北省荆州市委礼堂的演讲

海南与明代历史文化

各位朋友,这是我第二次登上海南"国际旅游岛讲坛"做演讲。上一次讲的是张居正与"万历新政"的改革,今天我给大家讲一讲海南与明代的历史文化。

为什么讲"海南"和"明代"这两个关键词呢?虽然我今天的演讲中还会讲到其他的朝代,但是明代是我主要研究的历史范畴,其次是宋代。海南今天正在建设"国际旅游岛",如果不在海南讲海南,在别的地方就没有更多的机会讲海南,或者说,听众的兴趣不会这么大的。

"海南"这个词,最早出现在东汉,那时叫"海南海西节度使"。一听这名称就知道是一个军事建制。最初的海南,就是属于军管的性质。"节度使"是军事衙门,相当于今天的省军区这个级别。但是,节度使作为海南的最高长官，是既管军事又管行政。海南节度使的衙门设在儋州。以今天的眼光看，儋州没有海口、三亚的名气大，但在历史上，儋州是海南最好的地方。那时海南也不叫"海南"，叫琼州，它最早是雷州的一部分。"海南"这两个字在东汉，即把琼州分成了海南、海西两块，当时的海南只是海南岛的一部分。我看过明代的《大明一统志》，这本书是明英宗朱祁镇让李贤领衔编纂的。

在这部明代官方的地理书上，我们可以准确地了解海南的建制。在明代开国皇帝朱元璋的手上，海南正式定为琼州府，相当于今天的地市级建制。琼州下辖三个州，即儋州、万州、崖州，都是"副市级"，还有十个县，即琼山县、澄迈县、临高县、定安县、文昌县、会同县、乐会县、昌化县、陵水县、感恩县。其中的昌化县，就是北宋大文豪苏东坡的流放地。在这部志书里，记载着琼州府东至海岸四百九十里，西至海岸四百一十里，南至海岸一千一百三十里，北至海岸一十里。自府治至南京六千四十五里，至京师九千四百九十里。我昨天还在问一位当地的朋友：北边的海口与广东的徐闻县最近的海峡有多宽？答案是十七海里左右。看来，这个距离与六百年前没有多大变化。明代中国的两个"直辖市"是应天府南京、顺天府北京。海南与南京陆地距离六千零四十五里地，离北京有九千四百九十里。在船与马作为主要交通工具的时代，海南离中国的政治中心确实非常遥远。

仍然是这部《大明一统志》，对海南的风土人情也做了详尽的描述。概括起来，大致有以下几点：第一，这个地方的人以槟榔为命，以薯菜为粮，人们吃番薯，作为主粮，各种杂菜是辅食。第二，酿酒不用曲蘖，用"严树皮"。我也不知道"严树"是什么树。《太平寰宇记》里记载，有木曰严树，捣其皮叶，浸以清水，以使酿和之。或取石榴花叶和酿。酝之数日成酒，能醉人。直到今天，海南人还有嚼槟榔与喝此酒的习惯，这个传统从古到今一直保留着。

下面说人文方面。海南的衣冠礼乐效仿中原，这个传统的形成是有历史原因的。主要是汉末至五代，一大批中原人来到了海南岛。不过，最多的一次大迁徙是东汉末年的三国时期。三国时期海南属于吴国。那个时候，有一大批人从中原逃避战难来到岛上定居。西汉时期来到岛上的人，多半是关中、河南、河北、华北平原一带的人。第二批即是东汉末年来的人，则以江浙人居多。这是历史上海南的两次大迁徙。在迁徙的过程中，他们带来了先进的中原文化，颇有古风。

一些史籍中对海南人的性格和海南风俗也有两个评价。第一个评价是，这个地方的人"淳朴俭约"，这个地方的人单纯节俭，持家过日子很节省。虽无富民，亦无刁民。千百年来这个岛上没有富人，但是也没有发生饿死人的现象。有一句话叫"凶年不见丐者"，意思是哪怕遇上瘟疫、天灾人祸最多的年代，海南岛上也看不见一个乞丐。这是古代的海南岛，物流还不是很发达，这个地方没有产生大的富豪，但因为植物茂盛，也没有饥荒，这是当时大致的生存状态。古时海南人的整体性格也很有特点，他们平常不怎么讲究衣冠礼仪，土著的居民基本上保持着原始的生活状态。但是，土著人非常守法，他们怕官府，怕坏人，从不干盗窃的事。当时海南的牛羊是散放的，各家各户的牛羊混在一起，没有一个人会冒领别人的牛羊。我1988年第一次到海南考察时，印证了这些说法。明代史家记载，海南既无巨富也无乞丐。还有一句话说，海南的读书人衣冠礼仪"颇类中原"。颇类中原的原因就是两次大迁徙，不少中原人来到海南定居。

　　海南正式并入中国的版图，是在汉代。在西汉和东汉各有一位将军率军平南，一路打到了海南岛。一是西汉的路博德，一是东汉的马援。两个人都被朝廷封为一个爵号，叫"伏波将军"。所谓"伏波"，大概是指成功地实现了对海洋的控制。随着这两位"伏波将军"来到海南的部队官兵，许多都留下来定居了，时间久了，就变成了海南的土著。十年前我到甘肃临洮，在一个非常偏僻的乡村，看到很多房子都像堡垒，没有窗户，四周是封闭的、高大的干打垒的围墙。我心想，这怎么像碉堡呢？后来看到从里面走出的人全都是穿着明代的衣服。我感觉很奇怪，一问才知道，这是明朝初期常遇春的部队留下来的后代。那时的土著很野蛮，常遇春的部队平西来到这里，为了防止土著攻击，便把房子砌成了碉堡式的。历史前进了几百年，但这种建筑却延续了下来。住在里面的人穿的是当年形制的衣服，戴的首饰也还是明代的样子。这让我想到路博德和马援当年带着很多军人渡海而来的情景。所以，在海南也应该可以看到汉文化的孑遗。我到过马援的老家，陕西的茂陵，即兴平县。当地有关马援的故事流传很多。他是东汉第二个皇帝的老丈人，因为收复海南而有功于社稷，但仅仅只受封为"伏波将军",地位不是很高。用今天的话说,还没有进入"中央政治局"这个层面,只到了"正部级"层面。但是,正是这位马援在拉近海南与中原的文化差异上,起到了很大的作用。真正让中原文化在海南得到了发展与普及,则是在唐代。因为从那以后,才开始有大量的贬官进入海南。

最早到这里来的贬官,级别最高的是唐代的李德裕。李德裕在崖洲的时候,崖洲有一个"望阙亭",据说李德裕来的第一天上这个亭子,就颇多感慨。因为这个人在长安的时候是宰相,权倾天下。在权力倾轧的时候失势,被排挤到海南,死在了这个岛上。所以,他一登上"望阙亭"便百感交集,于是写了一首诗:"独上江亭望帝京,鸟飞犹是半年程。青山也恐人归去,百匝千遭绕郡城。"

这首诗的情调相当忧伤,相当凄凉。他觉得,海南离长安太远了,不要说人,长着翅膀的鸟想飞回长安,也得飞半年时光。一下子离开锦绣富贵之乡到一个天荒地老的地方来,这个反差太大了!"青山也恐人归去",一层一层的青山都阻挡着你,怕你离开了。当地人喜欢你这个大文化人啊,所以要挽留你。李德裕是第一个贬到海南的宰相级官员,他在这里留下的诗不止一首,还有很多。我想,当时海南的文人一定会跟他有很多的交往。有的时候,国家对某一个人的惩罚,对他本人来讲是一个巨大的悲剧,但是对某一个地方来讲,可能是一个巨大的福音。就因为海南是中国最远的地方,也是最落后的地方,恨你就把你送到海南,这倒也"成就"了海南这个地方,让文化的薪火传承没有间断。

现在海口的五公祠里面供奉着李德裕、李纲这些人。但是在海南影响最大的文人，应属苏东坡，他是被贬到海南的最大的文人。我这一辈子最心仪的两个文人都是四川人，一个是李白，一个是苏东坡。我的老家湖北黄州，也同海南一样，是苏东坡的贬谪之地。他在黄州团练副使的职位上待了四个年头。他一生最辉煌的艺术高峰，就是在那里创造的。他在那里写了散文《前赤壁赋》《后赤壁赋》，词《念奴娇·赤壁怀古》，书法《寒食帖》——被称为中国行书的第三高峰。苏东坡的诗、赋、书三绝，都是在黄州创造出来的。古人有"天不生仲尼，万古长如夜"之说，意思是如果没有孔子，我们中国现在可能还在漫漫长夜中摸不到路。套用这句话，可以说：天不生东坡，文学无高峰。

海南五公祠里虽然没有供奉苏东坡，但海南多处建有苏公祠。他离开儋州的时候，他的住所做了东坡书院。他的文化影响力太大了。1942年，毛主席在延安接见丁玲。当时丁玲是从抗日前线投奔共产党来到延安，毛主席很高兴，给她写了一首诗，其中有这样的句子："纤笔一枝谁与似，三千毛瑟精兵。"苏东坡这一支笔，哪止"三千精兵"，三十万、三百万都不止！这次党的十七届六中全会提出文化大发展大繁荣，实际上就是看到了文化的力量。海南要建设国际旅游岛，我认为应该将历代走进海南的大文化人"请回来"，借助他们留给海南的宝贵文化遗产来宣传海南，建设海南。

上面是我讲的第一个问题，简单地讲了一下海南的人文历史。现在讲第二个问题：明代的朝廷政策对海南有哪些影响。

中国大一统政权建立之后，在很长的历史阶段，国家主要的忧患和不安定因素均来自北方，特别是西北和东北。屡屡让中央政权难以招架的几个大的少数民族，像匈奴、鲜卑、契丹、女真，都来源于西北高原和东北平原。以鲜卑族为例。这个民族很了不起，他们渴望入主中原，其最早生活的地区是大兴安岭靠近呼伦贝尔大草原的嘎仙洞。那里是极寒地区，冬天时间长，最低气温零下四十到五十度，自然条件很恶劣。他们觉得应该向中原去，以改变自身的生活状况。他们从嘎仙洞出发，越过了茫茫的呼伦贝尔草原。那个时候的呼伦贝尔虽然很美，但也是危险的地区，大面积的湿地、沼泽地，让牛羊无法穿越。早期的鲜卑人显然不具备这样长途跋涉的设备和技术，但他们从不气馁，一直顽强地探索，最终穿越了呼伦贝尔大草原。之后，他们又迁徙到了靠近呼和浩特的和林格尔。在和林格尔这个地方，他们控制了蒙古高原，成立了北魏政权。之后又花了十几年的时间，把首都迁到了大同，再花九十多年的时间迁到了河南洛阳。也就是说，入主中原，统一中国北方，鲜卑人前后用了好几百年的时间，才完成了一个民族的梦想。今天，我们看到的龙门石窟、云冈石窟，都是北魏人创造的。

再说契丹人。唐朝衰落以后，契丹人迅速在东北地区崛起，并建立了强大的辽国。当时华北及山西等处的燕云十六州，都在辽国的版图内,由此导致中国分裂了两百多年。与它同一个时期的北宋,是中国版图最小的一个朝代。

第三个入主中原的少数民族是女真人。他们崛起于东北哈尔滨附近的阿城,他们建立金国的时候,战士人数并不多,那是1115年。而十一年之后的1126年,宋朝的徽、钦二帝就成了他们的俘虏。

继鲜卑、契丹、女真三个少数民族入主中原之后,接下来是蒙古人,他们消灭了分治的金和宋,成立了大一统的元朝。此后,朱元璋又取代元顺帝,建立了明朝。

明代中央政权的威胁主要在东北和西北。宋代的时候,西北成立了西夏王朝,那个时候中国的版图,有三大王朝:宋、辽和西夏,一个在东北,一个在西北,一个在中原。海南那时候还在宋朝的版图内,中原的干戈纷争对它的影响不大。

以上讲了几个朝代的历史教训,说明在较长的历史时期内,中国的内忧外患,主要来自北方。明朝开国之后,统治者不可能不关注这些历史教训,所以仍然把国家的军事战略重点放在西北和东北。对于南方,特别是两广以及海南,因为经济落后被称为蛮夷之地。在这种状况下,处在天涯海角的海南就不太可能引起中央政权的特别关注。

任何事情都要从两方面看。一方面,明王朝对海南的忽略以及自身交通的落后,使这个宝岛处于几乎与世隔绝的状态;另一方面,也由于海南偏安一隅,使得这里的人民得以在较长的时间内休养生息。中国有句老话,叫"宁作太平犬,勿为乱世人"。太平的生活,使得海南得到了较好的发展。事实上，从汉代开始承传的中原文化，到了明朝中期以后才进入收获期，如丘濬、海瑞这样一些官场的楷模、书生中的精英，都是在这一时期诞生的。

说到这里，再顺便讲一讲明代的海禁政策对海南的影响。随着郑和下西洋，全世界航海事业的发展，出现了兵力很强盛、甚至战斗力更强的海盗，比今天的索马里海盗还要厉害。明代的文献很少谈到海南有海盗。海盗主要的活动区域是在福建、浙江和江苏。当时的福建泉州，是中国南方海上丝绸之路的起点，是整个东南最富裕的地方，再就是宁波、杭州、台州等。所以，东南沿海一带海盗猖獗。这些海盗不仅仅在海洋上实施抢劫和走私，甚至还登岸烧杀抢掠。朱元璋在位的时候，海盗的问题不是太严重，燕王朱棣登基后，海盗问题开始显得突出了。其时，他六次率兵深入西北作战，国家财力没有能力同时开辟两个战场，于是，他提出了更严厉的海禁政策。我查阅了有关资料，所谓海禁政策，其中最重要的一条就是把岛上的居民全部迁完。前年我到温州做调查，很多地方的岛屿在明代是无人区，岛上本来有居民，全部撤走了，不准在岛上住人。二是不能通船通商，谁敢海上走私是要处以极刑的。随着航海技术的发展，日本、印度等东南亚与中东国家的奢侈品与大宗商品通过走私源源输入中国。因为走私，很多江浙、福建人一夜暴富。当时有一个安徽的商人，叫王直，在杭州做点小买卖，后来搞走私成了富甲一方的人物。其实他走私也不是瞎走的，他从海外走私进来的大部分奢侈品都被宦官和达官贵人买走了，有了这些买主，王直的走私才能成功。因为王直走私货物量特别大，引起了朝廷的注意。当朝廷下榜捉拿王直时，王直干脆在海上当起了海盗，并带着手下登岸抢掠，从宁波抢到杭州，又从杭州抢到江苏太仓，比今天的索马里海盗还要厉害。在这样的情况下，胡宗宪的手下戚继光和俞大猷，都成了打击海盗的专家。俞大猷在福建打海盗，戚继光在浙江打海盗。就是因为有了这两个人，再加上海禁政策，东南沿海的海盗才慢慢平息下去了。

一个奇怪的现象是，就在明朝中叶东南海盗十分猖獗的时候，海南岛却相对平静。如果单从地理的角度看，海南岛最容易成为海盗的根据地。但是，为什么海盗青睐东南而抛弃了海南呢？原因只有一个，就是经济。自唐代之后，东南江浙一带就成为中国的财赋收入重地。在明代，更有"财赋仰赖东南"的说法。海盗同商人一样，都是逐利的群体，海南虽然得地利之便，但不是财源滚滚的地方，所以海盗不肯来这里。

现在海南的情形与明朝相比，已经完全不一样了。自1988年单独建省之后，海南就遇到了前所未有的发展机遇。随着世界格局与经济形态的改变，在本世纪的第二个十年，历史大风水的转盘转到海南来了。我今年到烟台、青岛搞了两次调研，就是看胡锦涛同志提出来的"蓝色经济"发展得如何。蓝色经济就是海洋经济。我看海洋经济还可以划分为岛岸经济与海岛经济。青岛、烟台、威海、大连、厦门都属于岛岸经济，而海南与台湾一样，都是海岛经济。现在的海南想要步入经济发展的快车道，我认为最佳的选择就是发展旅游。现在海南国际旅游岛的建设已经上升为国家战略，可见大家都想到一块了。

不要说世界，就是在亚洲，旅游岛的成功例子就有不少，如印尼的巴厘岛、泰国的普吉岛、韩国的济州岛等等。海南有强大的中国经济做支撑，有内地那么辽阔的市场，加之起步晚，可资借鉴的成功经验很多，完全可以期待它会后来居上，成为中国蓝色经济发展的杰出代表。谢谢大家。

2011 年 12 月 28 日

在海南省"国际旅游岛讲坛"的演讲

从太极图说中国传统文化

讲这个题目之前，首先要弄清楚的是，什么叫传统文化。

对传统文化，我们所下的定义已经有很多，弄得很复杂，让人费解。其实很简单，就是把我们的生活方式和思维方式一代一代地往下传。这样谈起来有点空，我给大家举一个例子。有一次我回老家过春节，回家的路上，车陷在了新修公路的泥潭里弄不出来，我去找旁边村子里的人，给他们钱，请他们帮忙把车子弄出来。他们说："那不行，因为刚吃完年饭，贴了对联就不能干活了。"我问："你们这里都这样吗？"他们说："都这样。"这就是一个传统。再说一个事例。我的父亲去世了，我想给他立碑，被告知不能立，要三周年后才能立碑。为什么呢？他们说："不知道为什么，老辈就是这样立的规矩。"从这些例子可以看出，传统文化就是我们的生活方式，就是我们民间所遵循的一种代代相传的乡风民俗。

不同的民族有不同的传统。在古时的蒙古，如果父亲有两个或更多老婆，父亲的大老婆生了儿子，儿子成年后父亲死了，那些小老婆就要嫁给他这个儿子。我们汉族认为这是乱伦，是不可理解的，他们却司空见惯。当然，现在蒙古族接受了汉文化，再没有这种婚俗传统了。所以，世界矛盾其实是不同文化的矛盾。德国人在二战结束后，为民族犯下的错误道歉，日本人却拒不道歉，这就是日本的传统。你想让日本改变这个态度，就要改造他们的文化。只要这个传统文化在，就不要期待他改变自己的这样一个态度，就不要指望他道歉反省。日本在中国明代那个时候，对中国的入侵，就是这样的，包括在朝鲜的战争，日本从来就没有认过错，对任何一次侵略战争都没有认过错，就是这么霸道的一个国家。大到一个国家、一个民族，小到一个个人，秉承的性格、思维、生活等所有的方式，就形成了不同国家、民族、个人的文化，长久延续下来，这就是传统文化。

传统文化是不容易被改造的，能改得掉的，不用我们强制，历史就会把那些文化淘汰掉、过滤掉了。改革就是把优秀的传统文化留下来，把不合适的改掉。

第二个问题，讲讲文化传统的脉络是怎样产生的，中间有哪些大的改变影响了文化的走向？

公元前六世纪到公元前二世纪这四百年，是中国文化由萌发到定型的时期，在这段时间里，产生了先秦诸子百家，孔子、孟子、荀子、墨子、韩非子、老子、庄子等，他们都是大学问家，其中以儒家、道家、墨家、法家、阴阳家、名家、纵横家、农家、杂家、小说家这十家为代表，共产生了十种学问，这十种学问就是出自中国古代的文化，只要通读过这些书，就能知道中国文化的范畴。而在这个文化之前，已产生了八卦。南宋的朱熹曾对它做过阐释。孔子奠定了儒家，也曾对八卦做过解释。汉代的王充算是道家，他从道家角度也对八卦做了解读。八卦图也称太极图，这个太极图被联合国教科文组织评为人类图腾的第一图案。第二个图案是伊斯兰教的星月图案。

关于太极图，有一种误传，说太极图最早的发明者是陈抟，其实不是。去年，我到荆门屈家岭文化遗址参观，看到了一个出土的陶轮，非常激动，因为在这个陶轮里面，有一个完整的太极阴阳图。这个陶轮距离现在已有了四千七百多年，通过这个陶轮可证明，太极图早在商代就出现了。这个太极图，就是中国文化最早的象形符号，也被联合国组织认定为人类文化的第一符号，再没有什么比这个符号更富有哲学意义了。它由阴阳两极组合在一起，我们打太极拳，实际是抱着一个球在转，这叫作内太极与外太极相结合，因为太极是不可分的，一分开的话，一半是阴一半是阳，阴阳就是两仪了。无极生太极，太极生阴阳，阴阳生八卦，八卦生万物。传说发明八卦的人是伏羲，周文王把八卦用文字的方式演变成六十四卦，然后孔子把六十四卦爻辞全部写出来了，这就是中国传统文化最早的《易经》。《易经》之后，又产生了金、木、水、火、土五行和天干地支。天干十位，地支十二位，甲、乙、丙、丁、戊、己、庚、辛、壬、癸，这是十天干；子、丑、寅、卯、辰、巳、午、未、申、酉、戌、亥，这是十二地支，也就是十二生肖，天干和地支依次相配，并互爻五次，组成六十个基本单位，就是一个甲子。

上面由太极图而衍生出的术数，既是抽象的又是具象的，既是形而上的又是形而下的。"母本"的学问导致先秦诸子百家的产生，他们皆生活在春秋战国时代。

中国历史的演变非常有意思。在春秋战国时期，大大小小的诸侯国几百个，每一个小国的最高统治者叫国君。皇帝是秦统一中国之后才有的，第一个大一统的皇帝是秦始皇。过去能称为"皇"的就是三皇五帝，"皇帝"这个概念既包括了三皇也包括了五帝，统治了天下也统治了国家才叫皇帝。这种演变在我们楚国，是叫王，王的正式称谓是国君。罗马时代叫城邦制，欧洲由城邦制发展到今天的联邦制，我们是郡县制，这也是对中国统一的最大贡献。现在有一些学者说，中国没有演变成城邦制，这是中国走向专制的一个弊病。这种说法是不对的，它混淆了两种文化时代，就像说"这个人如果当年变成男人，他肯定会成为一个英雄，可惜他变成了女人"，这种假设是不科学的。

如果地球上只有一种文化存在，这种文化最终也会重新演变成若干种文化，这是人类文化本身的特性所决定的。

楚国是崇尚八卦的，齐国崇尚阴阳，鲁国、吴国也崇尚阴阳。他们之间的文人互不服气，所以当时李白到湖北来，在安陆隐居时写了一首诗,其中有言:"我本楚狂人,凤歌笑孔丘。"用现代话说就是:我本来就是楚国的狂人,你孔子也没什么了不起的!孔子辞了鲁国的官位,到处讲学。当时伍子胥是一个楚国的英雄,楚文王把他一家人杀了之后,他跑到吴国帮助其强盛起来,然后要灭楚。孔子很崇拜伍子胥,是他的粉丝,他说,只有伍子胥来到我国,才可以帮助我国强大,可以救我们的社稷。可见伍子胥在当时的地位。

孔子的文化主张比较保守,一辈子要"克己复礼",要恢复几百年前周朝的人文礼仪。孔子说过一句话:"久矣,吾不复梦见周公。"意思是说,我很长时间没有梦见周公了。他是怕周公抛弃了他,这是孔子的文化观。当时鲁国国君听他的,所以能把周朝的文化保留得原汤原汁。吴国的公子季札到了鲁国,鲁国弹奏了一二十首音乐给他欣赏。回国七年后,季札还如醉如痴,说:我在别的国家听不到周朝这样的音乐,鲁国是真正的周文化继承者。韩国的公子也到了鲁国,他在鲁国见到了最圆满的祭奠和乐舞,这两项也都是周朝的礼仪,鲁国都将它们保存了下来。孔子坚持恢复周礼,把鲁国看成是周朝最后的一块"根据地"。但完全继承了周文化传统的鲁国,并没有避免覆灭的命运。

今天探讨文化的继承和创新问题,我赞同这样一个观点:没有创新就没有国家的未来。为什么这样讲呢?这是有根据的。孔子所心仪的周文化,凝重典雅。把宝鸡博物馆和我们湖北省博物馆所藏的青铜器做一个比较,便可明了。楚文化的特点是奔放、飞跃、热烈、流动;

而周朝的青铜器古朴、厚重。应该说，相对于代表主流文化的周文化，楚文化几乎是处处洋溢着创新精神。这样一来，就造成了周朝对楚国的不认同。诸侯们聚会的时候，楚国是没有地位的。楚王第一次到岐山参加周天子召开的诸侯会议，在正规的宴席桌子上，没有他的位置，只好站在旁边。楚王因此很是生气。周文化是"没有规矩不成方圆"，楚文化是"究天人之际，通古今之变"，这完全是两种思路。

楚文化在传统文化中当了"叛逆"，对强势的周文化进行了伟大的改革与创新。有人会说，创新有什么用呢？你再创新，最后不是也被秦国灭掉了吗？这就是我们要认真探讨的问题。

历史上有两个朝代，值得我们仔细研究。一个是秦朝，享祚十五年；另一个是隋朝，享祚三十七年。这两个朝代都是二世而亡。秦修了长城，隋修了运河；秦发明了郡县制，隋发明了科举制。这两个都是在文化创新上做出很大贡献的朝代，结果都很短命。这说明一个问题，文化创新还要看当时的国情、国力和老百姓的承受能力。如果把老百姓的生存需要忽略掉，而突击搞创新，去改变一些东西，最终矛盾激化到一定地步，是会伤及自己的。

在中国历史上，我们把所有皇帝分析一下：从秦始皇开始，包括只当了一天皇帝的，总共二百五十位左右。三皇五帝再加上夏、商、周的王，也不到五百位。我们的研究一般都关注那几个开国皇帝，几个中兴皇帝，对皇帝的整体研究相对要少一些。中国的《易经》讲一阴一阳之谓道，从每个朝代以及每个皇帝的兴衰更替，是能够看到中国传统文化的起承转合与流变的。

中国的传统文化发展，有点像我们从骑自行车到踩三轮车这一个驱动方式的变化，在"儒为龙头，道佛为两翼"这样一种文化作用之下，中国文化作为社会力量一直相当稳定。只不过鸦片战争以后，中国文化遭遇到西方文化的侵略与碰撞，这种超稳定结构才遇到了强有力的挑战，探讨传统文化在改革中的作用，需要弄清楚以下几点：第一，弄清什么是传统文化；第二，传统文化的传承脉络；第三，怎样吸收传统文化中的精华，开创我们的文化未来。

"沉舟侧畔千帆过，病树前头万木春。"我们应该期待有先秦诸子百家那样一种文化土壤的出现。只有那样，真正的文化大师、圣贤般的思想家，才有可能出世。

2014 年 4 月 29 日
在湖北省"人大干部讲堂"的演讲

我做文字工作的几点体会

从广义上讲,我与在座的各位同人都是做文字工作的,但此文字非彼文字。我是传统意义上的文人,我的文字充满个人的色彩,更散漫一些。你们作为政策研究的专家,更讲究文字的针对性、严谨性和指导性,你们既是省委的"智囊",又是"文胆",湖北改革发展的"大块文章"和重要文件,都从你们手中出来。但作为搞文字的同行,我还是有一些体会在这里交流。

先讲第一点体会:文字无小事。

从二十岁时我在《湖北日报》发表第一篇通讯到现在,见诸铅字的文章写了四十多年。四十多年来我深切感受到,文字无小事,文字有力量。因为人类的思想都是通过语言文字来表达的,我们认知马列毛邓思想,其途径也是靠文字。中国的汉字,是世界上最伟大的语言之一，但学习汉语要比学英语困难得多。在汉语中不同词语里的同一个字，如果我们追根溯源，弄清了它的来源，在用的时候就会感到这个字魅力无穷、奥妙无穷，文章也不会写得干瘪、单薄。关于语言和文字的重要性，《吕氏春秋》里有一段精辟的表述："言者，以谕意也。言意相离，凶也。乱国之俗，甚多流言，而不顾其实，务以相毁，务以相誉，毁誉成党，众口熏天，贤不肖不分。以此治国，贤主犹惑之也，又况乎不肖者乎？惑者之患，不自以为惑，故惑惑之中有晓焉，冥冥之中有昭焉。"两千多年前的这段论述，对我们文字工作者是一个警示。

我年轻时，尽管从事文字工作，但还并不知道文字的深浅。我的老师是著名作家徐迟先生，当年学文学，他让我读马克思写的《路易·波拿巴的雾月十八日》，这是一篇政论文章。当时我很疑惑，那么多文学名著我还没读，为什么读这个呢？他说，你把文学放下来先读这个，为什么读这个？这是语言表述的经典，我们要学他的经典表述。比如，书中的观点讲，有什么样的人民就有什么样的君主，为什么这个地方出暴君，是因为当地民间习俗养成的。再比如，一个人的语言能够表述自己的思想，首先得自己有思想。徐迟老师还说，思想家、政治家、文学家以及科学家的文章都是不一样的，要分门别类地读。他还让我看二战时一些国家元首的演讲，看看这些在国际舞台上叱咤风云、运筹帷幄的领袖，他们脱口而出的思想、语言达到了怎样的高度。他还说，如果让你去给他写演讲稿，你能写成什么样子？能否写到使群情沸腾的地步？他问我，罗斯福1933年就任美国总统时的演讲，你能看出好在哪里吗？看不出来就去学美国历史、美国宪法，然后再来看。

这样读了几十年，直到金融危机出现，我国以四万亿投资拉动消费需求时，我这才慢慢看出，罗斯福的能力和他高明的决策。这也证明，对于从政者来说，语言和文字只是他表达思想的工具。没有思想，没有感情的文字，再华美，再灿烂，也只能给人以空洞的感觉。

从古到今，中国始终把从事文字工作、从事政策研究的这些人，置于国家政治生活的中心。明代的翰林院，就职能来说，与我们政策研究室最接近。翰林院里主要有四种人，第一种叫"编修"，也就是研究政策的。张居正的第一个职务就是编修，从编修到宰相用时二十多年，可见他的政策研究是如何出类拔萃。第二种叫"编撰"，专门给皇帝写诏书、起草文件的。第三种叫"侍讲"，就是我们今天所说的"帝师"，给皇帝讲课的。第四种叫"侍读"，也就是陪皇帝读书，随时释疑解惑的。这四种人基本上没有在这个位置上终老其身的。明代对文字工作者的尊重、提拔和使用，甚于今天。当时，进入内阁首先得有一个资格，即必须是大学士。大学士有东阁大学士、文渊阁大学士、文华殿大学士、武英殿大学士及华盖殿大学士。只有成为大学士，才有资格进入内阁，也就是说，必须是专家。这些专家几乎全都是语言文字方面的行家里手。当时的大太监冯保为刚刚登基的万历小皇帝拟了一道诏书，文渊阁大学士高拱雷霆大怒道："不经凤阁鸾台，何名为诏？"意思是说，不经内阁大学士们的草拟、润色，皇帝的诏书就不算诏书。在明代，总共有一百余位内阁首辅，其中绝大部分都有翰林院工作的经历，都是搞研究、搞文史的出身，这是明代用人的一大特色。万历皇帝三十年不上朝，但他不用操心，政务同样可以处理好。这是因为内阁首辅是"职业政治家"，这些职业政治家没有一个口才不好、笔头不好的。这两样是政治家的首要标准。

大家都熟知，《共产党宣言》的第一句话是"一个幽灵在欧洲大地上游荡……"语言的渗透力非常锐利。这是政治家、思想家的语言，也是诗人的语言。我三十岁的时候，读到诺贝尔文学奖获得者、智利诗人、政治家聂鲁达的作品，有这样两句诗："我到过一座又一座城市，同一个又一个陌生的人握手。"当时我认为，这不是大白话吗？怎么能叫诗呢？"两个黄鹂鸣翠柳"，那才是好诗啊！等到我有足够的阅历后才明白，那诗背后是什么，才知道这么简单的两句诗，后面所蕴藏的人格力量以及追求真理、献身革命的艰辛。聂鲁达献身革命，欲推翻暴君的统治而遭到通缉。流亡的过程中，他到过很多城市，许多陌生的人帮助过他。这两句诗记录的便是这段历史。所以，读懂一篇文章、一首诗，首先要了解这篇文章产生的时代以及作者的经历。对文字的理解实际上就是对时代与作者的理解。

1992年，小平同志视察深圳，在那"东风吹来满眼春"的时候，我正在那里，在与朋友聊这件事，忽然联想到明朝万历年间推动过改革的大政治家张居正，便萌生了深入了解这个人的想法。回来后，我到处找有关张居正的书,但那时资料很少。"文革"以前出版过一套《张文忠公全集》,厚厚四本,费了很长时间,我才把没有再版的这几本书找到。我原以为看看这几本书就能了解透张居正,谁知道这只是刚刚开启了一个漫长的学术研究的大门。仅这四本书远远不够,还得读《万历皇帝传》《嘉靖皇帝传》《隆庆皇帝传》等,还要研究明代的政治制度、管理模式、财政制度等。深入进去后才发现,我是发现了一个崭新的"银河系"。其实这个"银河系"一直都存在,只是被我们忽略了。张居正十二岁中秀才,为全省第一人;十三岁第一次考举人,考策论,三个主考官对其文章都给予了很高的评价。湖广巡抚顾璘阅卷后,很是惊讶,一看名叫"张白圭",调查得知是一个十五岁的孩子,这么小的年纪有这么老辣的思想更是不得了,便将他们父子找来问话。张居正的父亲也是考生,屡考屡败,这是第九次赴考。问完话后,顾璘说,你的名字得改一改,"君子居其正也",就改名为"居正",并把犀牛角腰带送给他。还对张居正说,你将来要入凤阁鸾台,肯定不系我这个腰带,你是"腰玉之人",但是你要更加勤奋谨慎地对待自己。明代官员服装品级,只有正三品,即今天的正省级干部才能系犀牛角腰带,只有宰相能系玉带。这件事,全武昌城传为美谈。但第二天放榜,父子二人双双名落孙山,这实为顾璘要杀杀这孩子的骄气,只有多打磨方可成材,宁可让他受点委屈,也不能让中国多一个唐伯虎、少一个魏徵。顾璘认为,雕虫小技的文艺不足谈也,还是要当大政治家。结果,一直磨砺到十九岁,才让张居正考中举人,二十三岁考中进士。一般来说，新科进士中，百分之七左右可以进翰林院见习，两年后转正。张居正被选入翰林院，主要研究历朝的典章制度及治国之道。他是一个不苟言笑的人，工作中却常有不同于常人的看法。当时有一个思想家叫何心隐（江西吉安人），恃才傲物，是民间的意见领袖。在一次学术聚会上口若悬河，时任编修的张居正拿眼睛盯着他，一言不发，分别时对他说："你说得太多了。"何心隐看着张居正离去的背影说："他年杀我者，必此人也。"二十年后，果真应验了。我在《张居正》小说中写了这段历史。自古至今，笃学多思是搞政策研究的第一要旨，而谨言慎行是在领导身边工作的第一要义。

张居正二十五岁转正，真正成为天子近臣。当时翰林院掌院大学士徐阶觉得这个年轻人很好，不但仪表堂堂，而且很有城府，热爱学习，沉默寡言。张居正转正之后，这个两年不怎么说话的人，就立即给皇帝写了一道针砭朝政的奏章，即著名的《论时政疏》。我三十七岁读这篇文章时没读懂，反反复复读，认认真真琢磨，找了很多资料对照研究，直到一年后才读懂。张居正把这篇文章送呈给徐阶，但徐阶并没有转报上去。他不是忌才，而是为了保护这棵好苗子。徐阶认为，有思想很重要，但什么时候表露思想更重要；有思想不难，让思想化为执政的纲领很难。当时嘉靖皇帝一门心思炼丹，想长生不老，把持朝政的是大奸臣严嵩。他与儿子严世蕃二人结党营私，排斥异己，凡是对朝政提出批评的人，轻者撤职，重者腰斩。这时候张居正的奏章送上去，肯定会招来大祸，所以徐阶才压了下来。但年轻气盛的张居正不服气，认为朝廷正气不张，自己这么干下去是虚度光阴。于是他在二十七岁时，就请假回江陵老家养病。二十七岁，这么年轻会有什么病？这只是"自炒鱿鱼"的托词而已。他回家读了五年书，在父亲催促下又回到北京销假，继续当编修。这时徐阶已是次辅，地位仅次于严嵩。他接见张居正，觉得这五年来张居正的躁气减了很多，于是加紧对他培养。四十二岁时，张居正就以文渊阁大学士的身份成为内阁次辅。张居正的成长之路给我们一个启示：做政策研究一定要沉得住气，板凳要坐十年冷。

不久前省图书馆为我举办了一个小型书法展，某天晚上，李鸿忠书记百忙中抽时间去看了看，他在写有"坐冷板凳，做老实人"这两幅扇面跟前停下来说："这八个字好，冷板凳坐不住，老实人不愿意做，就不可能做什么大事。"当今社会丰富多彩，诱惑很多，但一个人一定要在心里放一张冷板凳。这是一种做学问的态度，也是一种人生的境界。我有一个体会，一旦进入状态，坐在冷板凳上的时候，心就会很静，如果发躁的话，心跳就会加快，血压就会升高，这时候思考问题，往往会有偏差。张居正四十八岁当上首辅，才得以施展抱负开始改革，万历新政才得以在全国全面推行。他的改革一直是为后人肯定的。但要考察他的经历，如果用今天用人的标准看，他是不够格的，他没当过县长，也没当过市长，没做过一天基层行政工作，也没有当过封疆大吏，他一辈子的职务是搞研究，但谁会说他是书呆子，谁能说他不识民间疾苦呢？知道民间疾苦的，不一定是天天和老百姓在一起的人。以史为鉴，以人为镜，让他达到事业和人生的巅峰，离不开他做政策研究工作的长期积累。

下面讲第二点体会：一个文字工作者必备的素质。

从事文字工作需要什么样的素质？从张居正的成长、发展历程中可以提炼出这样几点。

第一是笃学。学习一定要坚持，要勤奋，要一辈子手不释卷。在信息社会到来之前，学习一点知识可以管用几年，但当今社会日新月异，瞬息万变，一天不学习就会落伍。"天不变，道亦不变"，这是终极道义，世间的生活每时每刻都在变。"二程"（程颢、程颐）的《遗书》上有这样一段话："凡一物上有一理，须是穷致其理。穷理亦多端：或读书，讲明义理；或论古今人物，别其是非；或应接事物而处其当，皆穷理也。"毛泽东和蒋介石喜欢读的书是完全不一样的。毛主席读书是怎样才能放纵，蒋介石读的是怎样才能收缩，这是一对政坛上的大对手。两个人读书的旨趣不同，决定了不同的结局，决定了彼此的成与败。要把所有的是非分辨出来，"只格一物，便通众理"是不可能的。最会读书的颜回也不敢说这个话，积少成多才会找到贯通处。我十六岁下乡时没有书读，把周围五六里范围的书都借来读完了。后来，实在没书读就读《康熙字典》，我每天学十个字，中午休息时用棍子在地上写这十个字，晚上回去用这十个字造句。有一天，我突发奇想，认为《红楼梦》中没有一个字是《康熙字典》中找不出来的，肯定还有许多超过《红楼梦》的杰作，都隐藏在这套《康熙字典》里，只是我们找不到这些文字的排列密码。这样的密码恐怕永远都不会有，只有矢志苦学，打下坚实的基础，才有可能让文字鲜活起来、伟大起来。于是，我更加发愤地读书。有一天我借来《文心雕龙》，书主只肯借我读一个星期，在书快取走时我急了，就将没读的抄下来，最后一个晚上还有好几篇没有抄，但是煤油灯油干灯枯，我急得跳脚，把家里的菜油倒进灯里，居然点着了，我就借着菜油灯把书抄完了。那几天，我们家吃的是白水煮萝卜。我就是在这种条件下读书的。没有灯，为了读书冬天起得非常早，出早工之前就起来，但有曙光的地方一定是风口，我就跑到村头风口上读书，手脚都被寒风吹得开裂。就是靠着那样一点曙光去读书，好在老天爷眷顾我，眼睛竟然没有坏过。就这样，读了很多很多书，但感觉化不开。文化文化，文不能化开，文是一点作用都没有的。佛家谈悟道的三重境界：学道之初见山是山，见水是水；学道之中见山不是山，见水不是水；得道之后，见山只是山，见水只是水。我在很长一段时间里是"见山不是山，见水不是水"，快四十岁时才豁然开朗，这同佛教悟道是一样的道理。在储备丰富以后，阅历又达到一定的程度，有一天所有的知识会突然生动起来，背过的那么多唐诗、那么多文章，到那一天就像排队一样涌现出来，所谓"下笔如有神"。

  第二是慎独。就是小心说话、行事。明代开国制度设计者宋濂，参加工作时已经五十六岁了，早年长期教书带学生，是一个民间人士，后来朱元璋发现了这个人才，尊他为宋先生。朱元璋经常找他密谈，有时一谈就是一晚上，所有人都想知道他们谈了什么，但他守口如瓶，嘴里不说半个字，还在办公室里挂了两个字——温树。西汉时有一个宫殿叫温室殿，皇帝经常在殿里和御史大夫孔光商谈国事。孔光谨慎到什么程度？有一天回家正好八月十五中秋节，家人在一起吃月饼过中秋，院子里的桂花都开了，夫人说，你看桂花开得多好，这么晚才回来，宫殿里难道也有桂花树吗？他说，今天这个月饼真好吃，是夫人亲自做的吗？他答非所问，连宫殿里是否有桂花树都不说。"温树"，从此就成为在领导身边工作的人守口如瓶、谨言慎行的格言。后来还是有人问他政事，他不说话，手往后面指那两个字给人看。

再举一个例子。"同是天涯沦落人，相逢何必曾相识。"在一般人看来，白居易的《琵琶行》是千古绝唱。但宋濂对白居易的评价是"大失臣体"，就是说，失掉了做臣子的本分。他认为，皇帝把你贬成江州司马，你却和一个沦落风尘的妓女同悲沦落，这不是自我作践吗？怎么能在这个时候忘掉朝廷呢？"居庙堂之高则忧其民，处江湖之远则忧其君"嘛！这就是有"温树"境界的人的风骨和观察人事的立场。

第三是多思。一定要勤于思考。创新是文字工作者的灵魂。有新思想新观点很难，才高八斗不一定有新思想新观点。苏轼一辈子遭遇了很多坎坷，其实他的文采淹没了他的政治才华，他是一个思想家，是有宰相之才的，而李白没有。李白是有了两盅小酒就开始疯狂，说过头话。苏轼对杰出历史人物、当朝典章制度进行了很深的研究，他的策论文章，其思想锋芒远超《赤壁赋》，只是一般人不懂政治，只把他当成文学家、诗人看待。他对一些政治问题、历代的兴衰得失都有独到的研究和见解。比如，他论诸葛亮。诸葛亮在一般人心中是神，杜甫对诸葛亮的评价是"万古云霄一羽毛"，是一种诗人的评价，有点不落实际。但苏轼的评价是："取之以仁义，守之以仁义者，周也。取之以诈力，守之以诈力者，秦也。以秦之所以取取之，以周之所以守守之者，汉也。仁义诈力杂用以取天下者，此孔明之所以失也。"看到这一段后，我认真阅读了《隆中对》，实地考察了汉中、襄阳、南阳等地，从地理实际来看，三分天下的一些战略、战术确实是行不通的。一个二十七岁的年轻人，在信息闭塞、地理知识匮乏的情况下，又怎么能写出正确的取天下之势的文章来呢？所以当时诸葛亮更多的是文学才华，还不具有政治家的谋略。但我对他的人格是赞赏的。前些年，陕西勉县武侯祠管理方让我写一副对联，我上联写的是"兖州荆州益州，一生事业千秋相"，下联写的是"隆中汉中关中，半世功名五丈原"。后来，我想到了杜甫怀宋玉的两句诗，"摇落深知宋玉悲，风流儒雅亦吾师。怅望千秋一洒泪，萧条异代不同时"。任何一个问题都容易形成世俗的观念，而我们要在世俗观念中找到自己的学问立足之处，才能有不一样的领悟。

再讲第三点体会：我对文字工作的一些理解。

二十岁时，我在《湖北日报》发表了一篇长篇通讯。就是因为这篇通讯，我由一名下乡的知青，被调到了县委办公室写材料。县委书记是个参加过抗战的大老粗，他认为能写诗的人，各种材料应该都能写，不像今天分工很细，写文学、写通讯、写调研报告，根本不是一回事。有一天，他要求我们写材料的几个人对英山县学大寨的做法做些宣传，一人写一篇稿子，要刊发在《湖北日报》上。我吃了很多苦，看了很多材料，写了一篇《四大嫂战斗队》。县委宣传部长看后说，这篇文章有新意，最后上报时就用了。后来，县委书记高看我一眼，说这个年轻人写文章还行。

我对文字工作的第一个理解，就是要写别人没写过的东西。有一年，县委要召开三级干部会议，县委书记让我写会议报告，这下可把我难住了，从没替领导写过报告啊，急得要命。经过一番努力成稿后，听人说县委书记总念错字，这可是个难题，这会让别人认为是撰稿者的能力问题。所以我就结合英山方言，全写的谐音一样的错字。比如，将"抛头颅洒热血"写成"跑头颅杀热血"，但用英山方言来念，一个错字也没有，一改过去县委书记常念错字的问题，效果特别好。

我对文字工作的第二个理解，就是为领导服务，要懂得领导的语气、文风及水平。要明白，是领导做报告，而不是我做报告，要突出领导的讲话风格。写材料可以自信，但千万不能自恋。为他人作嫁衣裳，可以成为最伟大的服装设计师，尽管衣裳穿在别人身上好看，但你也有一份光荣。荀子说："君子之学也，入乎耳，箸乎心，布乎四体，形乎动静；端而言，蠕而动，一可以为法则。小人之学也，入乎耳，出乎口，口耳之间，则四寸耳，曷足以美七尺之躯哉？古之学者为己，今之学者为人。君子之学也，以美其身；小人之学也，以为禽犊。"因而，我在写作过程中经常换位思考，把自己想象成思想家，想象成领导，想象成女人，想象成老人，等等，从不同的角度看问题，再下笔。

　　我对文字工作的第三个理解，就是要做到独创性，必须多掌握几种文体。曾国藩认为，为长官服务学识一定要渊博，如果他有十三门学问，而你只有两门学问，那可不行。有句话叫"久病成良医"，同样，长期从事文字工作，总有一天会成为文章圣手。但有一点要铭记，把服务对象一定要研究透。比如，鸿忠书记经常讲的"企业家老大"这句话，较容易引起歧义，一些非企业界的，例如科技界的，可能会说，企业家是老大，那我们是什么呢？我研究以后说，企业家作为一个新兴社会阶层，是利用企业这个平台，将科技、教育、文化等诸多功能进行组合，而让企业成为服务于社会发展的加速器。所以，对于领导提出的一些新思想新观点，我们要认真思考，给以准确的定位和宣传，苦心孤诣地把每一个词语解释通透。大家知道的，随州祭祀炎帝神农的四篇祭文，当时如何确定文体，就颇费了一番周折。祭文是古代的文体，但不能太拟古，语言要照顾今人，既要读得像古文，又要让今人好懂，这是第一要求；第二要求，祭文要对湖北的中心工作有所昭示，但又不能教科书式的说教；第三要求，要考虑老百姓的欣赏习惯。我就按这个要求来写《颂炎帝文》，得到了各方面的肯定。最近，又有人让我写《楚商宣言》，要在第一届楚商大会上宣读，我说那可和祭文不一样,商业是时代最激进的业态,是最超前的,要用政论式的文笔,不能用咬文嚼字的文笔。用什么文笔呢?用《共产党宣言》的文笔。所以说,要根据不同的需求写不同的文章,这样,才能彰显文字的力量。

最后,我想和在座的同人说说我的心得:文字工作千万不能以不变应万变,而应该以万变应万变,只有这样,才能把本职工作做好。

2013年10月18日
在湖北省政策研究室的演讲

我对"仁"的理解

大约八年前,我做过一次演讲,讲的题目是《快乐的读书人》。读书确实是一件让人快乐的事情,但是人不可能把一辈子的时间全部用来读书。我在自己以往的读书悟道生涯中,比较偏好中国传统文化,这是因为,我出生在大别山一个较偏僻山区的小县城里,而中国最适合读书人居住的地方,就是像五十年前的比较僻静的山区小县城这样的地方,它是城乡的结合部,既不乏城市的信息,又有农村的形态。我们有很多做学问的人都是在小县城里出生的。小县城里的生活给了我精神和物质的营养。很多年前我写过诗,写到了深山的小县城,说那里是"牛铃摇动的城市",是"混凝土建造的乡村",表达了我的一种生活状态。传统文化对我来讲,就如同须臾不能离开的空气、阳光与水,是故乡给我的精神食粮。当然,在全球化的背景下,世界上各种优秀的文化很多，但我的祖辈很少接触外来的文化，我在少年和青年时代之前，也极少接触到异域文化。我一直在传统文化形态下生活，因此我觉得，别的文化对我来说并不重要，是我的母语文化让我诞生、成长、壮大，后来一直延续，最后走向自己的终点。这种感情不一定每个人都会是这样，但这是我个人的一种状态。

上次来国学院座谈时，冯天瑜先生问我，这次讲座讲什么？大家都知道，张居正是中国有名的改革家，如果讲张居正和他的改革，对这么多在国外生活的同胞来讲，也许是个太具"政治性"的话题，可能不算最佳的选择。因此我觉得，还是从传统价值观对当下社会的启示这个角度，来讲一讲我的一些体会比较合适。对于中国传统价值观这个题目，我近几年思考了很多。从小由于家学的原因，我读了一些古籍和典籍，那时读书有点囫囵吞枣，并没有想到它有什么用。等到我进入了社会，理解这个社会渐渐达到一定宽度之后，再回想当年我受到的家学教育，把储存在我少年记忆中而没有用到的一些观念重新焕发出来时，我就能够更清楚地认识一些问题。今天我们的生活哪些是进步了，哪些是退步了，哪些让我们振奋，哪些让我们痛心疾首。以史为鉴，今天，我想同大家一起探讨对"仁"的理解。

我分三个内容来讲。首先讲的是：仁是儒家思想的核心。

大家都知道，是中国传统文化养育了我们这个民族，养育了这一片东方大陆上的人民。在漫长历史的融合发展中，渐渐由儒、释、道三家构成了我们的传统文化核心。那么，这三者之间是什么关系呢？

从哲学观与方法论的角度讲，儒，用一个字可以概括它的意义，就是"中"，不偏不倚谓之中。释，也可以用一个字来概括，那就是"空"。《心经》上讲"五蕴皆空"，然后又讲"空不异色，色不异空"。这个"空"不是什么都没有，而是另外一种生存的思维状态。道，也能用一个字来概括，那就是"无"。从无到有，从少到多，这样一种状态的表现，是从"无"开始的，包括我们经常听说的"一生二，二生三，三生万物"，这种逻辑都是从"无"字概括出来的。

如果从价值观与认识论的角度讲，也有三个字，可以帮助我们来认识儒、释、道。佛就是"悲"，所谓大慈大悲、慈悲为怀的"悲"。进寺庙我们会听到《大悲咒》，悲，反映了佛家对客观世界的认识和理解。人从生下来就是悲剧的开始，人间有喜剧，有正剧，但最终无论是什么人，其一生在佛家看来，都是做悲剧的文章，人生就是要解决这个"悲"字。悲天悯人是佛家的情怀，要解决悲剧这个问题，不在当下而在未来，不在此岸而在彼岸。解决悲的问题首先是"觉"，觉悟的"觉"，先知先觉的"觉"，这就是佛教讲的价值观。道，也是一个字，那就是"德"。老子的《道德经》就讲到了道与德的关系。道家的价值观和认识论，就是要一辈子解决"德"的问题，凡是符合"道"的，就是"德"，我们讲"德配天地"，德就是道的精神层次上的体现，道是客观存在的，德则是理解了客观以后的主观需求和对应，所以说，"老子疾伪"，"伪"就是不符合客观规律，伪君子就是不遵守道德规范的人。有一次我在演讲中说到八个字："人为为伪，人弗为佛。"

为是人主观想的，它不是"德"，我们说"有所为，有所不为"，说国家要"无为而治"，就是不要离开德而去想自己的不符合客观规律的东西。凡是人想要的，就是"伪"，凡是人不要的东西，就是佛的境界，所以，佛是一个单人加一个"弗"。

儒，在价值观上也是一个字："仁"。用甲骨文，甚至更早在仓颉造字的时候，"仁"字的写法是一竖两横，这是什么意思呢？在象形文字中，一竖，就是古人在八卦上的一竖，一竖为阳，两横为阴，一为阳，二为阴，即奇数为阳，偶数为阴。"仁"字就是从阴阳关系中创造出来的。阴阳的观念，是中国传统文化中的上古文化。什么是上古文化呢？就是上古时期提炼出来的哲学观，主要就是阴阳观。周敦颐的《太极图说》里有"无极而太极，太极动而生阳，动极而静；静而生阴，静极复动，一动一静，互为其根。分阴分阳，两仪立焉"的说法。所以说，中国文化最早的元素，就是从阴阳这两个字演变出来的。这是上古文化的特点。我们讲的道德，就类比阴阳。比如说汶川为什么发生地震？一个看似自然的问题，是客观上的某种原因造成的，研究这个规律就是"道"。然后，这个事情如何避免它，如何处理它？最得当的方法就是"德"。"德"就是自然规律；"道"就是顺应自然规律；只要弄懂了"道""德"这两个字，一个人就能成就大事业。古代人讲"三公"政治。周朝创立的"三公"政治，就是分属行政、司法、军事的三个人，即主管行政的周公，主管司法的召公，主管军事的姜太公。三公的职责可以用八个字来形容：坐而论道，协理阴阳。所有古代宰相,没有到处跑的,宰相都坐在帷廊之下,沉思国事,研究道德。古代的"三公"政治是一个非常好的工作方式。古代帝王学,就是讲这个君子垂裳而治的道理。

从公元前六世纪到公元前五世纪,仁的意义就有所改变。"仁"不再仅仅是人与自然的关系,而是变成了人与人的关系。如果说一竖两横是先天的仁,源于道家的思想范畴,那么单立人的仁,则是后天的仁,完全变成了儒家思想。当两个人出现的时候,就需要一个人去理解另一个人,就需要把两种不同的声音用一种方法统一起来。那么,在人与人的交往过程中,"仁"就要起作用了。可见,仁,主要是解决人际关系问题,解决人类社会问题。

关于"仁",孔子有很多重要的论述。比如《论语·颜渊》一节说,樊迟问仁,子曰:爱人。接着又说:"克己复礼为仁。一日克己复礼,天下归仁焉。"意思是说,把自己所有的私欲控制起来,去恢复周朝的礼制,这样一来,你的仁心就会出现,仁心出现了,你周边所有的人就会爱你。由此可见,周礼是一个非常好的制度。

再看《论语·卫灵公》一节:"子曰:志士仁人,无求生以害仁,有杀身以成仁。"不成功便成"仁",杀身成"仁",说的都是这个意思。在中国古代思想史中,孔子第一个把整体的思想道德规范集于一体,那就是一个字:仁。他以"仁"为核心,形成了完整的伦理和思想体系。这一点是非常了不起的。

仁是中国传统哲学观与价值观的具体体现。以仁为本体,其内容还包括义、礼、智、信、忠、孝、悌、节、恕、勇、让等。这十二个字，都是"仁"在每一个不同侧面展现出来的美好品质。国家需要你"勇"的时候，你就勇敢地迎接挑战，舍身成"仁"；国家需要你"信"的时候，你就诚信待人；国家需要你宽恕什么人的时候，你就要遵循"恕"道……以仁为本体，由此衍生出复杂的伦理价值体系，上面所说的十二个字，形成了中国传统的价值观，而仁是分存于每个字的意义中的。佛家的观世音菩萨，有一种形态是"千手千眼"。小的时候我不懂这个，后来我懂了。因为佛家讲的是悲，人世间有多少种苦难，观世音就用多少只接应的手、多少只智慧的眼睛来看你。仁也是这样，仁在你没落的时候给你勇气，在你迷茫的时候给你信仰，在你孤立无援的时候给你照应。这样一来，仁也像佛教中千手千眼的观世音一样，是身法千千万，每一种身法，都对应了你当下的思想状态以及你需要解决的问题，来接应你，帮你解脱。在这方面，孔子还有很多论述，例如，"己欲立而立人，己欲达而达人"；"己所不欲，勿施于人"。这都是解释如何爱人的。究竟如何爱人呢？就是我自己要站得住同时也要别人站得住；我自己要行得通同时也使别人行得通；凡是我不想要的东西，我也不会给你。己所不欲，却施于人，这就违背了爱人的思想。与人为善，这个"善"就是良知，就是诚信；既是谦卑，也是勇敢。对父母为孝，对兄弟为悌，对朋友为信，对国家为忠，如此便形成了一个立体的"爱人"，一种悲天悯人的胸怀。这个胸怀拥有了，这种境界达到了，就是古人所说的"文质彬彬，然后君子"。

下面我讲第二个问题：仁是孔子思想境界的最高体现。

孔子在公元前六世纪至公元前五世纪交替时，为什么会提出"仁"这个概念呢？冯友兰先生曾说过："孔子对于中国文化之贡献，即在于开始试将原有的制度，加以理论化，与以理论的根据。"冯先生给孔子下的这个结论是正确的。他所说的"原有的制度"，就是周朝的制度，也就是我们通常所说的周礼。孔子生活在春秋向战国过渡的时期，即由上古向中古过渡并转型的时期。不是所有人都能有幸生活在历史转型期的。幸运的是，在中国的第一个转型期，孔子出生了。而从1840年鸦片战争开始，全球化也就开始了，中国的第二个转型期就在那时萌动。现在，我们也有幸处在中国历史的第三个转型期。一个转型期需要几百年乃至上千年，单个的人在其中是十分渺小的，转型期的时间跨度非常长，而对历史长河来说却仍然是很短暂的。孔子是中华历史第一个转型期里产生的一个"奇观"。如果说，炎黄文化是华夏文化的起源，阴阳八卦是中国传统文化的内核，那么，孔子的儒学就是华夏文化第一次大裂变，是中国思想的一次升华。

周礼就是从炎黄文化开创来的上古文化的结晶。周礼，是周代典章制度、文明规范的体现。但有一点需要指出，这样一种好的文化，为什么在春秋战国时期开始出现了"礼崩乐坏"的转型期呢？其转型的特点，就是旧有的文化不管用了，新的文化还不足以支撑起这个时代的发展，这个时候，就出现了很多仁人志士来研究文化的断裂。孔子就觉得，他要研究周代文化起源以及这个文化在历史上起到的巨大作用，现在它为什么不适应这个时代了，是周朝错了吗？还是现在的人错了呢？他得到的经验是"郁郁乎文哉！吾从周。"然后他又说，"久矣，吾不复梦见周公"。他觉得，自己应该把一辈子的心血用在恢复已经崩坏的周礼上，把在文化地震的废墟上重建文化王国作为己任。孔子自觉地承担起了中华文化承前启后的重任。他在承担责任的时候，发现了这个"仁"字，用这个"仁"字来解释周朝礼乐文化，并使之有了现实意义。这个石破天惊的发现，也是一种挟雷带电的创新。一个"仁"字，成了一把解释周朝制度并使之理论化的钥匙，这是孔子一生最伟大的理论创新，也是中国文化史具有划时代意义的理论创新。

孔子之前的春秋时代，就出现过不少关于"仁"的思想表述。如，《诗经·郑风·叔于田》："不如叔也，洵美且仁"；《诗经·齐风·卢令》："其人美且仁"；《尚书·金滕》："予仁若考，能多才多艺，能事鬼神"。从这些论述看，上古时代的"仁"和孔子的"仁"有接近的地方，也有不同的地方。《诗经》是孔子删定的"洁本"，据说原编者为尹吉甫，现在流传的都是"孔子版"。孔子曰："诗三百，一言以蔽之，曰思无邪。"《诗经》中两则论述，"仁"与"美"同列，"美且仁"，即人很美且很善良。《尚书》中"予仁若考"中的"考"通"巧"，"巧"的定义是多才多艺、能事鬼神。它更多的是从人的生存状态和生存本领上去说的。由此可见，春秋时期的"仁"，是一种对人的品质与才艺的赞美。孔子借用过来，扩大并丰富了"仁"的含义。

"礼崩乐坏"有两大具体表现：一是社会上普遍存在蔑视权威；二是利益至上。从经济学家的观点讲，这也许是社会进步的表现，但在孔子这样的思想家看来，"礼崩乐坏"是一种社会倒退、阴阳失调的恶劣表现。我们今天就存在着孔子说的那种处在社会转型期的"礼崩乐坏"的事情。因此，孔子的"仁"对当下来说，有着特别的意义。每一次变革导致人与人之间、国与国之间的关系的剧烈变化，人们由平常心、佛心、道心，变成了"机心"。"机心"，这是庄子的说法。庄子是寓言大师，他的深邃思想都蕴藏在寓言故事里。有一天，他带着学生在路上走，看见当时的一项科技创新，人们挖井并用辘轳取水，他的学生于是就赞美科技进步是多么伟大，庄子却感叹说，"机心"既生一发而不可收，人类就会向着恶的一面去发展了。人如果要保持本真的状态，就要去掉"机心"，增添道心、佛心、仁心。所以，到了明代后期即十六世纪末，李贽在湖北的麻城讲学，讲到了"童心说"，希望人们重新回到"儿童时代"。当整个社会的人心都被"机心"控制的时候，你如果拥有一点"童心"，也就有了更高层次的智慧。若干年前，我的儿子很小的时候，弟弟从老家送来一只鸡，儿子看见了，想养着这只鸡，就给鸡的一只腿绑上绳子，系在栏杆上，在阳台上养着，还弄了一些小白菜、米粒和水喂它。他对鸡说，这里有水、有菜、有米可以吃，教鸡如何生活。他放学回家后，发现阳台上有很多血，他问："谁打这只鸡了？"大家都说没有打。鸡因为习惯刨食，刨水泥地当然会弄得脚趾血淋淋的。儿子看了很伤心，用创可贴给它包扎，然后又对鸡说:"地很硬,你别刨了,我们喂你吃。"第二天中午回来,看到这只鸡奄奄一息了,爪子又被刨烂了,他很忧伤地对鸡说:"我已经告诉你了,你还要这样!"我在旁边看到了这一幕,就开始思考这个问题。伟大的圣人告诉我们应该怎么生活,我们却如同这只鸡一样,听不懂圣人的话,结果我们把自己带进了死亡,带进了坟墓。庄子说的"机心"是圣贤之言,孔子的"仁",老子的"道",都是我们听不懂的真话,结果往往如同那只鸡一样,最终失血而死。

除了"机心"的说法,庄子还有"朽木"的说法。一天,庄子带着学生来到一片树林,看到一棵朽木倒在那里烂掉了,庄子对学生们说,你们要注意,做人不能做成朽木一样,任人踩踏,没有尊严。再往前走又来到一棵正在被砍伐的参天大树跟前,庄子又对学生们说,你们做人不能像这棵树一样,这么英俊高大,否则人们就会砍了你们去做栋梁。学生们不解,就问老师,朽木也不能做,栋梁也不能做,那我们做什么?庄子说,做你自己!老子讲《道德经》很抽象,庄子讲做人的道理却是寓言化的,很形象。孔子与他们两人又不一样,他能把所有复杂的问题都变成操作性很强的准则,变成"仁、义、礼、智、信"这样完备的思想与道德的体系,可以进入每个人的生活,进入国家常态中的"顶层设计"。正因为如此,儒、释、道三家,一定是儒为首,这一点是孔子了不起的地方。我们的先贤、圣人很多,有的圣人讲小乘佛教,讲自己修行;有的讲大乘佛教,讲天下人一起修行。反观我们当下的中国,人际关系是如此冷漠。我昨天看到网上的一则小故事，说一个老太太开车把一个年轻人碰了，那个老太太把车门一关，躺在了地上，她倒变成了受害人，年轻人呢，也躺在了地上。这就叫"人心不古"。还有就是，见义勇为的救人者反而被诬，为什么人会变得这样冷漠，把所有人都当成自己的敌人？救人反被人诬，拜金主义盛行。这样的状况，类似于两千五百年前孔子所处的转型时期。每一次旧的传统即将毁灭，新的道德规范还没有约束力，人性的恶、低劣、庸俗、卑鄙等等不好的东西就出现了，如同"潘多拉的盒子"被打开。这就是整个社会缺乏"仁"和"爱人"之心的表现。

　　我们常常感叹今不如昔，每个人都"记得住乡愁"。乡愁美好，其实就是说当年比现在好，才会记得住，才会怀念。如果今天比过去好，我们还要乡愁做什么。提出这个口号，让我们怀旧，就是怀念单纯的人心，怀念良好的风气。感叹今不如昔是人类的生存本能之一，也是我们"记住乡愁"的主要原因之一。我在八年前的一篇文章中讲到，单纯从生活角度来考虑，科技是一场盛宴；可是，从人类最根本的需要来看，科技却是一场瘟疫。什么是科技创新？人类一定需要这个东西吗？李白没有这些东西，他能成为伟大的诗人，今天还有像李白那样伟大的诗人吗？恶的东西一出来，总是有人趋之若鹜。"卑鄙是卑鄙者的通行证，高尚是高尚者的墓志铭"，讲的就是这个意思。大慈大悲的人，先知先觉的人，从社会一开始发生某种转型的时候，就会表示出忧虑，但是往往没有多大的用处，直到灾害已经发生，多少人为之失去生命，人们才会理解这些先觉的声音，可是那时悔之已晚矣。

接下来讲第三个问题：仁在政治上的表现即是"王道"。

孟子在孔子提出的"仁"的基础上，又提出了著名的"仁政"之说，即把"仁"的学说作用到了具体的政治伦理当中，具体表现为施行"王道"，反对霸道统治。

孟子曾对求教于他的梁惠王说过一段话："地方百里而可以王。王如施仁政于民，省刑罚，薄税敛，深耕易耨；壮者以暇日，修其孝悌忠信，入以事其父兄，出以事其长上，可使制梃，以挞秦楚之坚甲利兵矣。"在这段话里，孟子阐述了"仁政"统治的三条原则：一是"省刑罚，薄税敛"。古人讲"苛政猛于虎"，即是说刑和税过重了，比猛虎还可怕。所谓藏富于国，民必反之；藏富于民，国必强之。二是"深耕易耨"，即发展经济，改善民生。孟子说："五亩之宅，树之以桑，五十者可以衣帛矣。鸡豚狗彘之畜，无失其时，七十者可以食肉矣。百亩之田，勿夺其时，数口之家，可以无饥矣。谨庠序之教，申之以孝悌之义，颁白者不负戴于道路矣。七十者衣帛食肉，黎民不饥不寒，然而不王者，未之有也。"孟子的这段话，是对"仁政"与民生改善的具体阐述。通过这段话可以看出，古代中国的生产力十分低下，农人那么认真地种桑织布，到五十才有衣穿；农人养了那么多鸡鸭，到七十才可以不劳动而有肉吃；一百亩田才可以让数口人衣食无忧。现在如果有这个标准，非洲都不算贫困了。在那种情况下，中国人自娱自乐地生活，同一时期的有些国家还在茹毛饮血呢！中国古代的帝王重视农作，每年于春耕之前，亲自扶犁耕田，进行"耕耤礼"。这是必须的，劝农、悯农是社稷大事。明代开国皇帝朱元璋登基后，也十分看重孟子的学说。相传他规定每户农民必须在地里种五十棵桑树。后来，相传当他读到孟子的"民为重，社稷次之，君为轻"这段话时，就不再喜欢孟子了。

关于私人财产与国家稳定之间的关系，孟子也说了一段话。他说："无恒产而有恒心者，惟士为能。若民，则无恒产，因无恒心。"这是什么意思呢？就是说，你让一个毫无财产的人保持恒心，除了士大夫，小民是做不到的。没有解决好财产问题，就解决不了道德问题。孟子就是这么认为的。这些没有财产的人，很可能会用不法手段去谋取不义之财，这样你就必须制定很多法律去惩罚他，如此一来，国家也就会陷入尖锐的矛盾之中，会增加很多警察、牢房、刑法。增加这些，又会增加老百姓的税赋，国家就会处于恶性循环之中。这些人一旦"机心"出来以后，就会对父母不孝，对国家不忠，给世局、世风造成混乱，国家进行镇压，则会加剧混乱。所以，要想让国家平安，明君的政治就是施行"王道"。"是故名君制民之产，必使仰足以事父母，俯足以畜妻子，乐岁终身饱，凶年免于死亡；然后驱而之善，故民之从之也轻。"意思是说，如果这些人，对上会孝敬父母、养老送终；对下会养育子女、使之长大成才，他本人终身不为吃穿发愁，遇到灾难国家会救济他，这样一来，你引导他，他就会向善，国家就会安稳。孟子的学说，从个人的修养走向了国家治理方面，比孔子说得还要透彻。孟子对孔子学说进行了继承和发扬。民生是国家之本，这一点，古往今来没有改变过。民心稳，首先是人民的生活稳，这样国家才稳。当下食品这么不安全，教育成本这么高，房价居高不下，这就是民生出了问题，改革的成就诚然很大，但民生没有解决好，改革就等于失败了。另外，还有教化问题，老百姓通过教化，自觉用道德标准，即"仁、义、礼、智、信、忠、孝"来约束自己。当前改革最大的失误就是教育，不仅仅是学校的教育，也包括整个社会教育。《论语》中记载了孔子关于教育问题的观点，"子适卫，冉有仆。子曰：'庶矣哉！'冉有曰：'既庶矣，又何加焉？'曰：'富之。'曰：'既富矣，又何加焉？'曰：'教之。'"这就是"仓廪实而后知礼节"。西方有三代人才能出贵族的说法，我们改革开放三十年，暴发户如雨后春笋一般，真正的贵族却很难看见。对老百姓不能只富不教，在孔子的观念中，教化百姓是十分重要的。财富如果给了小人，财富是会带来祸乱的，给社会带来灾难；如果财富给了君子，他会给社会创造美好的秩序。所以，在中国谁是财富的拥有者和生产者，这才是更重要的。在改革之初，我们常说拿手术刀的不如拿剃头刀的，造原子弹的不如卖茶叶蛋的。改革就是要把这种现象改掉。可是改到现在，明星都有私人飞机了，科研工作者还只有国家发的一点点工资，为什么会这样呢？第一是财富的掘取方式出了问题；第二是财富的使用方式出了问题。只说了让一部分人先富起来的话，却忘了说另一句更重要的话，就是让这部分人先高雅起来。高雅一定是教化的成果，没有道德的教化，富只能是巧取豪夺的成果。所以说，改革积累的深层次问题很多，还需要一个明晰的方法来拨乱反正。

仁政就是王道。孟子追求"从内圣开出外王"，这个"内圣"，就是"仁"，这个"外王"，就是"王道"。有一句话叫"天下归仁"，但当下的世界恰恰相反，是"天下归霸"。霸道是王道的对立面。我们可以用这套哲学体系去看美国。美国是全球化之后的胜者，对内是王道，对外是霸道。己所不欲，勿施于人，中国不会称霸，我们可以用"仁"这把钥匙，去打开中国特色的社会主义道路这扇大门。我认为，还是屈原的那句话说得好："路漫漫其修远兮，吾将上下而求索。"当历史发展到某一阶段时展现出来的状态，如果站在更远大的时空来看待，可能就是错的，但在当时，你就算知道是错的，也得跟着。或许科技是缘木求鱼，全球化更是个骗局，只会让美国得到好处。但中国因为1840年以后受尽了创痛，包括我们的道德沦丧，民风失去了淳朴，这些问题都有待我们一件一件去梳理，一件一件去辨析和厘清，重新发现它的创新之道。中国历来有"道统"与"政统"之分，"政统"处理的是国家事务，"道统"讲的是理论政治，只有两者合力，一起推动中国这辆巨大的列车前行的时候，我相信，"天下归仁"这个伟大目标，最终还是会实现的。

2014 年 5 月
在武汉大学国学院的演讲

正觉的法脉

尊敬的诸山长老，尊敬的各位来宾，四祖寺今天迎来了它中兴后的第三任方丈，这座由禅宗四祖道信大师亲手创建的寺庙，历经了近一千四百个春秋，其间虽然有过许多坎坷和灾难，但自始至终存在于黄梅的双峰山中。

四祖寺的前任方丈净慧老和尚，是当世最杰出的禅师之一。他是应当代佛教界泰斗本焕老和尚的邀请，离开他一手恢复并达于鼎盛的河北柏林禅寺，驻锡移榻于此。四祖寺因此而注入了生机，这座千年古刹，再一次焕发了青春。净慧长老在柏林禅寺住持期间，创立了"生活禅"，并举办生活禅夏令营，让佛教信众理解"觉悟人生、奉献人生"的快乐。他来到四祖寺后，依然坚持每年在这里举办禅文化夏令营，让信仰佛教的人们，在这座历史悠久的古寺里，得到天花乱坠的快乐与佛陀的慈悲。

无论是四祖寺的开创者道信大师,还是柏林禅寺的驻锡者赵州和尚,他们都是伟大的禅师。他们的法脉,一直滋润着燕赵大地和荆楚山水,也一直泽被后世的法嗣。

去年,净慧长老在四祖寺安详示寂,他的法嗣明、崇两支,都感到非常突然。净老圆寂之时,也正是雅安地震发生之时,山峡山脉在雅安地震中产生了剧烈的摇晃,净老的圆寂也让他的弟子们感到了地震一样的崩裂。所幸的是,这种崩裂的结果不是灾难,反而使生活禅系的净老的弟子们,变得更加团结,更加坚强。他们知道,净老留在尘世间的"觉悟人生、奉献人生"的宏愿,他们必须更加努力地去实践,去完成。

今天,追随净老多年的明基和尚升座,我想,这应该是净老愿意看到的结果。我与明基和尚接触不算太多,但也不算太少,这乃是因为,净老住世的时候,我多次来到四祖寺拜访,都是明基与崇谛两位作陪,但他言语不多,偶尔交谈,便可以看到他的沉稳,感到净老留给他的强烈的影响。

明基和尚是安静的,唯其安静,他才能避免在嘈杂中失去思考的空间;明基和尚是拘谨的,唯其拘谨,他才能遵从严格的戒律并执行传统的丛林制度;明基和尚是诚恳的,唯其诚恳,他才会把人生奉献给佛陀,奉献给净老一手开创的生活禅;明基和尚是勤勉的,唯其勤勉,他才能够让四祖寺继承辉煌的过去,开创灿烂的未来。

四祖寺的正确名称是"四祖正觉禅寺"。"正觉"是一个修行的状态，也是一个归宿。如果说政治清明是人间正道，那么，正觉则是菩提智慧的不二法门。四祖道信开创了正觉的法脉，在赵州和尚的茶盏里，我们可以品尝到正觉的滋味；在净慧长老的生活禅中，我们可以看到正觉在这个时代的勃勃生机。我们可以充满信心地说，在净慧长老众多弟子的推动下，生活禅必将在我们这个时代发扬光大。生活禅的健康发展，就是正觉的胜利。再次祝贺明基和尚升座。

2014 年 3 月 17 日
在湖北黄梅四祖寺的演讲

让我们梦想成真

今天,我仅以一位历史文化的研究者和作家的身份,就党的十八届三中全会提出的全面深化改革的伟大历史进程,谈几点我个人的学习体会,与在座的各位切磋交流。

一、关于中国特色的社会主义道路。

这是全面深化改革的总目标,我认为这个总目标有两个关键词,一是中国,二是社会主义。中国有着五千年悠长的文明史,而社会主义在中国的历史还不足一百年,如何处理好五千年与一百年的关系,认清和梳理这两部分文化遗产,是我们不至于走偏中国特色社会主义道路的关键。五千年的中国传统文化,有精华也有糟粕,但精华大于糟粕。近一百年的社会主义文化,有经验也有教训,当然,成功的经验必然伴随着失败的教训。

中国与社会主义的结合,就是中国特色的社会主义道路,这里面既要改掉中国传统文化中不适合社会主义的一部分,也要改掉社会主义理论中不适合中国的一部分,将这两者最优秀的文化结合起来,就是中国特色的社会主义道路。

二、建立现代的国家治理体系问题。

国家治理现代化是一个绕不过去的问题，也是一个难度很大的问题。它的难度，从某种意义上说，比反腐中"打老虎"还要难。从宏观层面上讲，它涉及国家管理体制的根本改变；从微观上讲，我们大部分国家工作人员，都面临着知识更新、思维方式更新的挑战。古人言"不患无法，而患无必行之法"，政府依法行政，第一是法律的公正与科学，第二是国家工作人员的知识与操守能否保证依法行政。现在，无论是立法还是执法人员，都还没有真正建立起对法律的敬畏。

国家治理现代化，很容易让人认为这是一个改革的前沿科学，其借鉴应更多来自外国的，特别是发达国家的经验。其实，中国传统文化在国家治理现代化中亦可发挥很大的作用。西方的公务员体制源于中国的文官制度，这一点，我们在改革中仍可借鉴中国古代的经验。

三、对"改革进入深水区"的认识。

所谓"深水区"，就是摸不着石头的石头，是需要"浪里白条"这样高水平的潜水员才有可能潜到最深处的各种秘密。

我个人理解，这个深水区不是指问题隐藏得很深，大家看不见，而是这些问题解决起来难度很大。以习总书记为首的党中央对这个问题认识得很清楚，不然，就不会说这一场改革是一场新的革命。

所谓改革，就是打破旧有的利益格局。历史有周期率，改革也有周期率，举王安石、张居正为例，都是在各自朝代的中期，都是从建国之初的相对公平、人民休养生息到新的权贵集团开始肆无忌惮地掠夺财富……

孟子说："为政不难，不得罪于巨室。"但改革若不得罪于巨室即各种各样的权贵集团，则改革将半途而废。所谓深水区，就是如何调适社会的利益结构。藏富于民，国必安之；敛财于国，民必反之。前车之鉴，不可忘记。

四、中国梦与全面深化改革的关系。

全面深化改革要达到的目标，就是中国特色的社会主义道路得到全中国人民的认同，得到世界的赞誉，需把执政党的道路自信变成广大人民群众的自信。从历史的角度来看，这条路不可能一帆风顺。

纵观共产党九十多年历程，可分三个阶段：夺取政权、建立新中国、改革开放，各三十年。第一、第二这两个三十年，由毛主席主导；第三个三十年，由邓小平主导，这第四个三十年，有理由相信，应由习近平为代表的党中央主导。习总书记提出的"中国梦"，其核心是民族复兴，国家中兴。一个强大的国家，不仅仅是商品输出大国，同时也是文化输出大国，更是价值观输出大国。这是当代的中国梦，也是我们必须全面深化改革的理由。相信经过我们一代人、两代人甚至三代人的努力，我们一定能够梦想成真。

2014 年 4 月 30 日
在湖北省人大干部讲堂的演讲

文化竞争力与文化认同

听了李克强总理的《政府工作报告》,备受鼓舞,我完全赞同。李克强总理在《政府工作报告》中再一次提出,"文化是民族的血脉",并将"增强文化整体实力和竞争力""提升国家文化软实力"作为政府的工作目标之一。作为一个文化人,对政府的这一工作目标,我感到振奋,也感到了责任。

文化的竞争力就是文化人的竞争力。客观地讲,当下时代,我们文化人还不能在国际范围内为中国赢得广泛的声誉。这其中的原因,既有西方在意识形态领域对中国采取的文化傲慢甚至是敌视的态度,也有我国现行的文化体制与机制对文化创造力的约束和抑制。当然,也有文化人自身的道德修养与信仰追求等问题。文化体制与机制的改革,已成为全面深化改革的重要内容之一,我相信,文化管理中存在的弊端会逐步得到解决。在这里，我仅就文化人在这场改革中应该采取的态度与思想的转变谈几点意见。

首先是担当与责任。

置身当下的改革，提升文化的竞争力，文化人首先要建立两个认同：一是对中华传统文化的认同；二是对具有中国特色的社会主义文化的认同。这两个认同不可偏废，不可分割。这两者完美结合而产生的力量，就是不同于西方的属于我们自己的文化的自信，也是当下中国主流文化的力量。当下主流文化的核心，就是社会主义核心价值观，它既继承了传统文化中积极健康的价值取向，又凝聚了当下中国行进在社会主义道路上的精神诉求。

中国古代有一个政统与道统的区分。政统，即国家管理者；道统，即知识分子。这两者对于中国传统的价值观如"仁、义、礼、智、信"，如"忠、孝"等，从来都没有发生过动摇根本的争执。不同的是，政统是以法来推行价值观，道统是以德来维护价值观。价值观在民间成为风俗，在庙堂成为风气。风俗自下而上，风气自上而下。两相激荡，是为风范。

维护并践行中华民族的核心价值观，是中国道统代代相继的优良传统。古代的知识分子自觉地成为社会精神及文化生活的过滤层，凡是与传统价值观不相吻合甚至有抵触伤害的文化产品，都被他们自觉地过滤掉了，不至于任其泛滥。当下的美国，同样有一个精英阶层自觉组成的文化过滤层，凡是不符合美国价值观的文化产品，不用政府出面，就会让这样一个精英文化层给过滤掉了。

反观我们今天的文化界，并没有继承中国道统的优良传统，也就是说，没有把自觉维护我们的核心价值观作为自己的担当和责任，甚至生产出的一些文化产品，还与我们的核心价值观相违背。

因为这样一个问题，便引出我的第二个话题：自律与操守。

检查与反省改革开放以来特别是新世纪以来的文学艺术乃至思想与文化领域，我们很难给它一个准确的判断。我们可以说它繁荣，因为各种各样的出版物、电影电视节目、各类文艺作品，几乎是呈几何数量的增长。但是，我们扪心自问，究竟有多少作品深入人心？我们统计文化 GDP 的时候，只计算它的码洋与票房，却很少顾及我们的作品究竟有多少称得上是经典，有多少人可以真正获得"人类灵魂工程师"的称号？我曾经说过，中国的雾霾首先不是从天空开始，而是产生于我们的心灵。2006 年，我就呼吁要警惕娱乐化社会对中国的危害。我并不反对娱乐，但过度的娱乐则必须警惕，因为娱乐化社会从来都是腐败的温床。近十几年来，娱乐化倾向在中国愈演愈烈，直到党的十八大召开之后，这种现象才得到遏制。可以说，我们许多的影视作品、文艺作品对中国的娱乐化社会倾向起到了推波助澜的作用。我们的一些文化人摈弃了古代士人留下的优良传统，不但没有起到文化过滤层的作用，反而自觉不自觉地参与到毒害青少年，伤害我们精神家园的队伍中。伤风败俗以及与社会主义核心价值观相违背的作品太多，长此下去，我们社会的风俗怎么可能纯净呢，我们文化领域的雾霾怎么能够消除呢？

文化人首先要做到自律，然后才可能自强、自信；文化人的底线思维，就是牢牢把握自己的操守。古人非常推崇道德文章，这样优秀的传统，我们还是应该继承。

第三点，关于守旧与创新。

守旧是一个传统，创新也是一个传统。在中国传统文化中，守旧与创新都有自己的市场。屈原说，"路漫漫其修远兮，吾将上下而求索"，这是创新的冲动。王阳明的创新精神，在屈原的基础上又前进了一步，他说："抛却自家无尽藏，沿门托钵效贫儿"。辛弃疾却不一样，他说："众里寻他千百度，蓦然回首，那人却在，灯火阑珊处"。往前看找不到意中人，回头却看到了，这是守旧的喜悦。

在科技领域，创新是主旋律；在文化领域，守旧与创新这两者可以因时代的需要而有所侧重，但不能偏废。我说的守旧，不是抱残守缺、闭关锁国。这个"旧"，指的是我们优秀的传统，我们中华民族的文化根本。不"守旧"，我们就看不到乡愁，就找不到回家的路，就找不到我们的文化身份。我个人认为，我们的社会主义核心价值观，就是守旧与创新完美的结合。创新，使我们的生活日新月异，使我们拥有未来。守旧，让我们有文化的归属感。研究历史，我们不难发现，大凡一个稳定的社会，特别是盛世，其社会的中坚阶层，基本上都是持一种文化上的保守态度。文化是民族的血脉，中华民族的这腔热血，已经流了五千多年，如果把这一腔热血换掉，我们还叫中华民族吗？

以上是我关于文化问题的几点思考和体会，说得不对的地方，请各位代表批评。

2014 年 3 月 6 日
在十二届全国人大二次会议湖北代表团开放团组会上发言节录

荆楚大地上的儒释道传统

筹备已久的海峡两岸中华传统文化教育论坛，今天在武汉大学珞珈山庄隆重开幕，来自两岸的专家、教授相聚在这里，共商中华传统文化教育的出路大计，对于湖北来讲，是件极有意义的事情。

荆楚大地向来就有顺潮流而动、开风气之先的传统，作为国学主体的儒释道三家，在江汉之间，一代代仁人志士皆有锲而不舍的探索与持之以恒的发展。

早期如佛教的慧远大师、智者大师，分别在湖北创立过他们的道场，当阳的玉泉寺，鄂州的灵泉寺，至今仍是净土宗、天台宗的重要寺庙，中国佛教最具代表性的禅宗，最后也是在湖北黄梅确立了它的教义仪轨与丛林制度；禅宗四祖道信、五祖弘忍、六祖慧能先后在黄梅弘法悟道，故佛教界有"黄梅天下禅"之称；近现代八指头陀的法嗣太虚在武昌创办武昌佛学院，倡导人间佛教，可谓不遗余力。在他之后，皆出生于湖北新洲的当代高僧本焕、净慧两位大师，承传人间佛教的传统，其信念与决心，历久弥坚。净慧大师倡导"生活禅"，是对太虚大师人间佛教的发展，他在先后担任河北赵县柏林禅寺、湖北黄梅四祖寺方丈期间，连续举办了十七届生活禅夏令营，对佛教融入现代生活，让佛教走入现代人的心灵起到了继往开来的重要作用。

道教、道学在湖北的传播同样不可忽视。楚国是道学的发源地之一，西汉盛行的黄老之学，其思想的根基来源于齐国和楚国。明朝第三个皇帝朱棣，下令将湖北的武当山建成皇家道场，从此武当山声闻天下。它不但成为世界文化遗产，武当太极拳和道教音乐亦是非物质文化遗产中的瑰宝。

湖北亦可称为儒学传播与教育的重镇。无论是在宋代创立沿袭程朱理学的问津书院，还是在晚明时期，湖北各地大量涌现的传播陆王心学的私学，都在当地起到了不可低估的作用。明代泰州学派的中坚江西吉安人何心隐在湖北武昌、黄冈、孝感、荆州等地讲学，影响巨大。他不但是著名学者，也是意见领袖，最后因遭人陷害而殒命湖北。比他稍晚一点的思想家李贽，在主动辞去云南姚安知府之后，应耿定向、耿定理的邀请，到他们的家乡黄安天台书院讲学，后又移居麻城龙潭湖上的芝佛院，在湖北待了约十七年。由于他的不拘礼教、求新求异的教学与生活方式，引起当地道学人士的不满，指斥他为离经叛道，最后不得不离开湖北。何心隐、李贽在湖北的遭遇，有值得研究之处。他们为何特别得到湖北青年学人的欢迎，他们为何为当地所不容，这既佐证了湖北文化的丰富性、多样性、包容性，也显示了这片土地上有值得改造的保守与僵化。

近代张之洞就是这样一位兼有传承与改造两种历史使命的文化伟人。他督鄂近二十年，立足湖北，师夷制夷，矢志改革，创新时局，从不懈怠，从不彷徨。孙中山称颂他为不言革命的大革命家。他更是一位多学多思的教育家。由他一手创办的两湖书院，培养了一大批革命家、实业家、教育家。他曾为武昌的奥略楼写过一副对联："昔贤整顿乾坤，缔造皆从江汉起；今日交通文轨，登临不觉亚欧遥。"这是何等的胸襟，何等的自信。在他眼中，荆楚大地是历代圣贤整顿乾坤的地方。他相信自己也能在这片文化的沃土上建立超迈古人的事业，这一点他做到了。他没有辜负湖北，湖北也没有辜负他。当今之际，中华民族的文化复兴引起世界关注，湖北作为中华传统文化重要的发源地之一，如何把握时间，因时顺变，再次从内圣中开出外王，值得每一位专家殚精竭虑的探索。从地理上讲，湖北九省通衢，从文化上看，湖北交通文轨，在这片土地上建立中国文化的立交桥，应该符合中华传统文化教育的方略，这也是今天这个论坛在这里主办的理由。预祝论坛成功、圆满，并祝各位专家学者身体健康。

2013年12月31日
在武汉大学"海峡两岸中华传统文化教育论坛"的演讲

从"生态"这个词说起

各位专家,各位朋友,现在大家有一个共识,即衡量一个时代变迁的快与慢,生活内容的改变与增减,除了那些冷冰冰的数据,我们还可以从词汇的传承与创造上,对我们的时代生活做一个评估与判断。改革开放特别是新时期以来,我们使用的词汇处在日复一日、年复一年的快速增长之中,诸如WTO、GDP、EMBA、维稳、转基因食品、自贸区、顶层设计、权力负面清单、打老虎拍苍蝇、中国梦,等等。我们的语言与自然界的动植物一样,有的濒临死亡,有的刚刚萌生;有的族群庞大,有的形单影只。只要我们研究哪些词语消失,哪些词语诞生,就能从中看到时代的列车驶向了哪里,生活海洋的潮起潮落有什么规律,有什么影响。

如果在当下这个时代挑选十个与我们的生活关联紧密,直接影响到国家命运与人民福祉的词语，我个人认为，"生态"这个词应该列入其中。

"生态"这个词的流行与关注，应该是近几年的事。查1915年第一次出版、1979年印行的增订版《辞源》，在"生"的部首下，共收有以"生"字开头的一百零二个词条，却没有"生态"这个词。始编于1931年，同样是1979年出版的增订版《辞海》，同样没有"生态"这个词，但录有"生态宗""生态学""生态型"这三个相近的词语。

生态学，顾名思义，应该是解释生态的学问，其解释为：研究生物之间及生物与非生物环境之间相互关系的学科。按生物的类别分，有植物生态学、动物生态学、微生物生态学等；按生物的组织水平分，有个体生物学、种群生物学、群落生物学，以及研究生物与非生物环境通过能量流动与物质循环而相互作用的生态系生态学等，按栖息的环境分，又有水生生物生态学、寄生生物生态学等。生态学不仅是生物资源开发利用的基础学科之一，而且与农、林、牧、副、渔、医都有密切关系。

通过这段解释，我们大致了解到，生态学是一种什么样的学问。生态学是研究生态的，但奇怪的是，1979年印行的增订版的《辞源》与《辞海》，都没有把生态当成一个独立的词语。

如果用当下人们的观点给生态下一个定义：生态即是没有人工破坏的自然。如果我这样一个作家而非科学家给生态下一个定义，生态即是让我们呼吸新鲜空气，吃绿色的食品，启沃我们心智养育我们生命的自然，它永远都充满了和谐的诗意。

问题的关键是：自然已经被人工破坏得面目全非，充盈于大自然的诗意已经日见枯萎。

中国是一个诗歌的王国，唐诗宋词构成了中华传统文化最为精粹的一部分。我们从古人的诗词中，可以完整地看到中国大地山河的美丽生态："大漠孤烟直，长河落日圆"；"明月松间照，清泉石上流"；"两个黄鹂鸣翠柳，一行白鹭上青天"；"晴川历历汉阳树，芳草萋萋鹦鹉洲"；"停车坐爱枫林晚，霜叶红于二月花"；"接天莲叶无穷碧，映日荷花别样红"；等等。这些随手拈来的诗句，让我们体会到产生于我们脚下这片东方古老大地上的让人神往的自然，让人陶醉的生态。

在中国古代的衙门中，没有设置园林局，可是大地上到处都是公园；没有设置林业局，可是无边无际的森林远远多过今天；没有设置环保局，可是那时我们的天空蔚蓝如洗，即使是白发苍苍的老人，也从来没有见过雾霾。

三十多年的改革开放，我们取得的成就举世瞩目。但是，在我们取得巨大财富的同时，付出的代价也十分惨重。这代价就是自然环境的破坏：江河水量的缩减、水质的恶化、森林面积的减少、暴冷暴热天气的增加。八月十五中秋节，我们举头看不到又大又圆的月亮；立春郊游，我们看不到雪拥红梅的妖娆景象。我不禁要问一句，当我们失去了这一切，财富又有什么用呢？

近一个多世纪以来，全世界的两大竞赛是令人担忧的，一个是军备竞赛，一个是财富竞赛。孔子讲"怪力乱神"，遗憾的是，我们经常被一种怪力推动，做一些"造孽"的事。有时是主动的，有时也是被动的。因为军备与财富这两个世界范围的竞赛，已经成为一种时代潮流，它裹挟一切，也吞没一切。落后国家要想后来居上，必须顺应潮流；西方强国想要保住霸主地位，也总是希望引领潮流。现在，这种潮流还没有收敛的迹象。因此可以说，我们自然生态的破坏，表面上看是改革开放的负面后果，实际是全球化带来的灾难。

天人合一，这是中国古代圣贤的哲学观，可以说是我们中国提供给全世界的可以常用常新的智慧。天人合一的核心观念是"和"，人与自然的和谐，便是南宋大诗人辛弃疾词中所言，"我见青山多妩媚，料青山见我应如是"。

从《辞源》与《辞海》中没有收录的"生态"这个词语，我们至少可以这样认为：在《辞源》与《辞海》修订出版的1979年，生态在中国还不算是一个问题。十几亿中国人都在享受老祖宗留给我们的"生态红利"。但是也就是1979年之后，短短三十几年，我们由生态红利的享受者蜕变为"生态噩梦"的受害者。眼下，我们对自己的生活既有憧憬，也有恐惧；既有信心，也有沮丧。这其中最重要的原因，便是生态的破坏，这种破坏，既包括自然生态，当然也包括政治生态。

去年，有一个短句又开始流行，叫"记得住乡愁"。这乡愁，应该是我们生态的原乡、文化的原乡，是清风中有着野花摇曳的森林，是新雨后有着彩虹的天空。记得住乡愁，就是修复我们自然与文化的生态，让乡愁变成现实的诗意。实现这样一个中国梦，不仅仅是为了我们自己，也是为了我们的子孙后代。

2014 年 9 月 21 日

在首届中国·湖北生态文化论坛上的演讲

旧体诗词与当代生活

尊敬的各位诗人、专家和学者,一个月前,首届海峡两岸中华诗词论坛的组织者、湖北诗词学会会长罗辉先生,邀请我在今天的学术交流会上做一个简短的发言。我本想推辞,但罗会长坚持要给我一个机会,于是我就站在这里了。我今天发言的题目是《旧体诗词与当代生活》。之所以选择这样一个话题,是因为可以借此避免谈高深的理论,那实在不是我的强项,我只是结合自己的写作经历,谈一点实际的感受。

我从事文学创作已经四十多年,早年写诗,后来又写散文、小说、戏剧和电影剧本。二十世纪九十年代以前,文化圈内的人都把我称作诗人。早在1980年,我即获得中国作家协会评定的全国首届中青年优秀新诗奖。随后,又连续出了四本新诗集。所以说,朋友们称我为诗人也未尝不可。但有一个秘密大家都不知道，我学习写诗的最初，不是写新诗而是写旧体诗词。

我的祖父与外祖父都是读书人，但我的父亲母亲因为在少年青年时代遭逢乱世而失去了读书的机会。正因为如此，父母对我读书寄予了很大的希望。我的继外祖父也是一位读书人出身的老中医，他不但医术好，书法与旧体诗词的写作也在当地颇有名气。我四岁就跟着继外祖父背诵诗词，五岁时就开始跟着他对对子，从一个字开始，后来对到五十个字，他说"绿"，我对"红"，他说"绿叶"，我对"红花"。如此数年，终于培养出我对中国文字的敏感以及初步的应用技巧。大约十岁之后，我就尝试写对联、绝句。十三岁时，外祖父出城去问诊，我跟着他，对着芳菲三月，外祖父给了《春景》这个题目，让我写五言绝句，我脱口说出"花如初嫁女，树似有情郎"这样的句子，外祖父大加赞赏。但是，一个十三岁的少年，确实不知道"初嫁女"应该是个什么样子，之所以能这样写，应该是数年进行诗词语言训练的结果。

几年之后，我成了一名下乡知识青年，由于受到的家教，遇事我还是用旧体诗词来表达，但村子里让我办黑板报，我的诗词写作立刻受到了限制，我无法在规定的句式、格律、对仗中完成对生活对象的描写，比如说"阶级斗争""农业学大寨""广阔天地，大有作为"这样一些语言，的确没有办法进入格律诗。由此我认识到，旧体诗词写作的年代，适合传统的农耕文明时代。我比较熟悉明朝，在其二百七十六年的历史中，文风与用词都没有太大的变化，从《明史》中留存的第一位皇帝朱元璋的《登极诏书》到最后一位崇祯皇帝的御批，我们从文字上看不到有什么变化。语言是社会生活的反映，语言环境的单纯反映出社会生活的单调。终明一代，农耕文明的社会环境没有发生根本的转变，所以，诗词创作的环境上承唐、宋，也没有发生什么动摇根基的转变。但进入工业文明之后，传统诗词不再可能成为表现生活的主流文体，随着时代的变迁，我们的文学样式越来越散文化、自由化，这就是我们的中国古典文学为什么从诗经、汉赋、唐诗、宋词、元曲到小说是一个逐步散文化的过程。到现在的电影、电视、网络文学的出现，从中可以看出，主流文学的走向越来越复杂，离传统的诗词越来越远。

我喜欢旧体诗词，但十八岁时在农村办黑板报，遭逢了第一次障碍。从此，这障碍便如影随形，跟随我四十多年。

传统的格律诗词是建立在以单音节词汇为主体的语言环境中。在它成形的唐、宋朝代，当时的诗人描写身边的生活，并不会感到这种严格的形式对他有任何的约束。可以说，在当时的社会形态中，有百分之九十的生活是可以用诗词来表现的。但在当今，纷繁复杂的社会生活十之八九是旧体诗词无法表现的，像"GDP""国际贸易顺差""中国特色社会主义""哥本哈根协定"这样的词语，与旧体诗词的创作要求可以说是风马牛不相及。

但是，有一点要特别指出的是，虽然旧体诗词在描写现代生活时毫无优势可言，在抒发感情、描写心灵的领域里却是具有无与伦比的优势。支撑现代社会生活的，是政治、科学和经济。在这三大领域中，表现可以说是日新月异。每一年，都会有很多的词语诞生，当然，也会有很多词语死亡。对于一个习惯于过传统的生活，愿意与自己的心灵对话的人，这种现代生活很无奈。大约在十五年前，我在一篇散文里就说过："对于喜欢心灵生活的人来说，科技是一场瘟疫！"因此，我每天都在面对一些事物，也在抗拒一些事物，在面对与抗拒中，旧体诗词的写作给了我心灵很多慰藉，很多帮助。今天，我们再也不能驾一叶孤舟到江湖中去，也不能坐一辆牛车悠游在乡村泥泞的路上。但是，我们面对一朵花的开放，一片秋叶的凋零，同李白、杜牧、王维、苏东坡等唐宋时代的伟大诗人所看到的春花秋叶，并没有什么两样。他们没有坐过飞机、高速列车，这又有什么要紧呢？在物质的世界里，我们无法传统；但在精神生活中，我们完全可以排斥现代。描摹心灵生活，旧体诗词不但不会让我们捉襟见肘，反而让我们的感情变得典雅起来，古朴起来。

自从二十世纪初新诗问世以来，一百年来，新诗与旧体诗词两者之间优劣与取舍的争论，一直没有停止过，毛主席曾说过，给他一百块大洋，他也不读新诗。我没有他这么绝对，我既读新诗，也写新诗；既读旧诗，也写旧诗。新诗与旧诗，虽然都是诗，但两者的创作无论是遣词造句，还是选取的题材都大相径庭。从二十岁开始，到三十五岁，我基本上是以新诗写作为主，三十五岁之后，很长一段时间，我是新诗旧诗都写,五十五岁之后,我几乎只写旧体诗词了,每年写作的新诗,不会超过十首。原因很简单,当我不再想在生活中扮演强者,我便愿意过静恬的心灵生活,在这种生活中,读古人的诗,然后又像古人一样写诗,便是一件非常有乐趣的事。

2014 年 10 月 6 日
在首届海峡两岸中华诗词论坛暨聂绀弩诗词奖颁奖大会上的演讲

长江与伏尔加河上的文学波涛

尊敬的俄罗斯国家图书馆副馆长柳德米拉·吉洪诺娃女士,各位嘉宾朋友,非常荣幸,能够作为湖北省作家代表团成员,第二次来到我在少年时代就向往和梦想过的俄罗斯。

我们这一代中国作家,对俄罗斯最早和最形象的了解,首先就是通过阅读普希金、屠格涅夫、列夫·托尔斯泰、契诃夫等伟大作家的文学作品来完成的。通过大量杰出的俄罗斯文学作品,我们进入了俄罗斯辽阔博大的疆域,听到了涅瓦河、伏尔加河和贝加尔湖的涛声,闻到了俄罗斯乡村田野的气息,欣赏到圣彼得堡郊外的白雾,感受到了白桦树林金色的光芒……更重要的是,这些作品,使我们领略了那种博大、坚强、苦难、忧郁的俄罗斯精神。

尽管时间在流逝,尽管人们的生活方式在改变,甚至体制、经济、文化等等都发生了变更和转型,但在我们这一代人心中,一提到俄罗斯,我们首先想到的,就是这个伟大国度永恒不变的形象——在辽阔的地平线上,有通向世界尽头的漫漫道路;在白茫茫的雪地上,有飞驰而过的雪橇;透过乡村池塘和湖畔的椴树和白桦树,有射出万道金光的太阳;太阳底下,是一代代爱好自由、艺术、诗歌、理想的俄罗斯人……

俄罗斯是一个承受过太多的苦难,也拥有着辽阔和博大胸怀的国度。在她的民族性格中,流淌着像伏尔加河、贝加尔湖一样深沉的忧郁和奔腾不息的进取之心。有一段话,我一时无法准确地记起它的出处,大致的意思是说,在整个人类所有已经承受的苦难或将要承受的苦难当中,再也没有什么比俄罗斯这个民族已承受的苦难更为惨烈和更为深重的了。这也正是俄罗斯民族深深打动我和令我敬仰的地方。

也许正是因为这个伟大的民族承受了太多的苦难,才孕育出了十九世纪诗人费多尔·伊凡诺维奇·丘特切夫那振聋发聩的诗句:"俄罗斯无法理喻,无法用一般的尺子丈量,她有特殊的品性,俄罗斯只能相信。"还有与丘特切夫同时代的另一位伟大的诗人涅克拉索夫,在他的长诗《在俄罗斯谁生活得更快乐?》里,对伟大的俄罗斯母亲的命运也发出了沉重的感叹:"你是贫穷的,你又是富饶的;你是强大的,你又是虚弱的,我的俄罗斯母亲!"

是的,生活在十九世纪的一大批文学家、诗人和画家,都用自己的眼睛、心灵与生命，真切地看到过和深深地感受过俄罗斯母亲的苦难与不幸，并且纷纷用各自的文笔与画笔，以严峻的现实主义笔触，把触目惊心的苦难和不平等的现实、截然对立的社会矛盾，展现在世界面前。他们用各自朴实而深沉的现实主义作品，实践着自亚历山大·普希金以来的那个崇高的愿景与理想：

相信吧，迷人的幸福的星辰

就要上升，射出光芒，

俄罗斯要从睡梦中苏醒，

在专制暴政的废墟上，

将会写上我们姓名的字样！

我从少年时代起就开始诗歌创作。伟大的诗人普希金不仅教会了我如何抒情，而且教会了我如何把自己的命运和祖国、人民紧紧联系在一起。普希金的《致凯恩》《致卡达耶夫》《自由颂》《在西伯利亚矿坑的深处》《我给自己建立了一座非人工的纪念碑》等等著名诗篇，我在少年时代就能背诵、并且深深地陶醉其中。我知道，青年时代的普希金，对中国这个古老而神秘的国度，也曾经十分向往和热切地幻想过。1820年当他离开圣彼得堡去南方，在南方漫漫的长夜里，他曾经幻想过自己到达了中国，站在中国万里长城上的情景。普希金也十分热爱中国文化，他的藏书中，涉及中国生活和中国文化的书籍，就有八十多种。他的诗歌中多次出现过诸如中国的夜莺、万里长城等"中国元素"。

那时候我也因为阅读普希金的诗，而对敢于追求自由和梦想的"十二月党人"由衷地崇拜，可以说是情不自禁地为那些远大的抱负和献身的高尚而感动，甚至也幻想着自己有一天，能够像那些勇敢无畏的十二月党人一样，毅然踏上为理想而受难的旅程，即便是"在烈火里烧三次，在沸水里煮三次，在血水里洗三次"，也无怨无悔，并且期待着某一天，会有一双温柔而明亮的眼睛注视着自己，随时会为一声关切的问候或轻轻的叹息而眼含热泪……

随着青春时光的消逝，等到我逐渐成长起来、成熟起来之后，我对俄罗斯的感情也愈来愈变得深沉和深厚。我的心中也时常回荡着诗人亚历山大·亚历山大罗维奇·勃洛克那泣血般的歌咏："我的俄罗斯，我的母亲……"我也用同样深沉的感情呼唤过："我的中国，我的祖国，我是你大手大脚的儿子……"

除了对俄罗斯十九世纪这个被称为"黄金时代"里涌现出来的众多文学大师和思想家的景仰，当二十世纪"白银时代"的哲学家、思想家、诗人、作家也进入中国作家的视野之后，我们对俄罗斯的理解和感受，无疑变得更为丰富、立体和深刻了。

我知道，白银时代的著名女诗人安娜·阿赫玛托娃，对生活在公元前300年前后的中国古代最伟大的诗人屈原，十分心仪。而大诗人屈原，正是出生在我们湖北省秭归县，是在我们家乡出生的、世界级的伟大诗人。而且特别值得骄傲的是，我与屈原出自同一个祖先……杰出的女诗人安娜·阿赫玛托娃，不仅亲自翻译过屈原的许多诗歌作品，还写过一些向屈原致敬的作品。我记得她对屈原的诗歌名句"路漫漫其修远兮，吾将上下而求索"是这样翻译的："我上升复又坠落，朝着命运指引的方向……"有一些翻译家觉得翻译得不准确，但是我却觉得，这才是真正的诗歌翻译，是一位诗人隔着汗漫的时空，向着另一位诗人发出的精神呼应。安娜·阿赫玛托娃和屈原这两位诗人的关系，可以说是俄罗斯与中国湖北省文化交流史、文学交流史上最美丽的一个篇章。

安娜·阿赫玛托娃写过一首类似中国绝句的短诗，只有两行，也曾经深深感动过我。她是这样写的："别人对我的赞美，我把它们弃如炉灰；而你即使对我诋毁，我也看作是赞美！"这里表达的，应该是诗人受尽种种不公正的待遇和苦难之后，对俄罗斯母亲的态度与感情。这种感情，使这一代人无论处在怎样的艰难、困苦、迷惘之中，都永不低头，永不绝望，永远不会熄灭心中追求自由和幸福的心灵之火。他们沉重的脚步声，踏过了俄罗斯母亲深厚的雪地，从苦难的生活现实，一直迈向明天。就像当年的十二月党人和他们的恋人、妻子们，那么从容坚定地踏上漫长的弗拉基米尔的大路，走向寒冷的西伯利亚雪原一样。

白银时代另一位杰出的诗人、作家，1958年诺贝尔文学奖获得者鲍里斯·列奥尼多维奇·帕斯捷尔纳克，在艰难的岁月里写信鼓励诗人茨维塔耶娃的女儿说："不管生活如何变化，不管它如何苦痛，有时甚至使人害怕，人有权无忧无虑地按照自己从儿时即开始的、理解的、心爱的方向去工作，只聆听自己并相信自己。"而后者，最终也坚信，父辈的牺牲是有价值的，因为他们是把最赤诚的爱，聚集在自己善良、智慧的手心里，用自己的呼吸和劳动，使他们有了永久的生命。当读到这样的故事和情节时，我仿佛看见了站在大海边的普希金，跋涉在草原上的屠格涅夫，徘徊在伏尔加河畔的列宾，还有耕耘在雅斯纳雅·波良纳的列夫·托尔斯泰……

毫无疑问，他们都是伟大的俄罗斯的精神和灵魂。因为拥有了这样一种博大、辽阔、深沉的精神，拥有了这样一个高贵不屈、永不绝望的灵魂，诗人勃洛克才坚信：严寒、苦难、屈辱，甚至分裂，都不能压倒俄罗斯，俄罗斯注定会从严寒和苦难中新生，新生出一个强健的、伟大的俄罗斯！

俄罗斯也是一个善于铭记苦难的民族。十八年前，我第一次来俄罗斯的时候，给我留下深刻印象的是，几乎每个城市都有爱国先烈纪念碑，年轻人生命中最重要的结婚仪式，不是大摆酒席，而是到烈士墓、纪念碑旁献上鲜花，拍下珍贵的结婚照。在迈向新生活之际，缅怀为国捐躯的先烈，让自己洁白的婚纱和鲜艳的花束，与烈士墓旁的长明灯相映生辉，这是多么圣洁和感人的场景！据说，这已经成为俄罗斯一代代青年的传统习俗。我想，如此美好和感人的习俗，不正是源自一代代血脉相传的、对自己的祖国和民族的根深蒂固的热爱吗？俄罗斯伟大的情怀，不也正体现在今天这样一些生活细节中？

朋友们，非常惭愧，我不懂俄语，对于同样博大、伟大的俄罗斯文化，知道得非常有限。我从少年时代直到目前所阅读的所有俄罗斯文学、哲学、艺术史和历史著作，都拜俄语翻译家所赐。让我们感到幸运的是，中国近代以来，自鲁迅先生那一代人开始，就拥有了一大批优秀的俄语文学翻译家。有的翻译家几乎把毕生的才华和精力都献给了某一位他所服膺的俄罗斯文学大师，例如汝龙先生翻译契诃夫，草婴先生翻译列夫·托尔斯泰，冯春先生翻译普希金，等等。

我在少年时代和青年时代创作诗歌时，就接受过普希金、莱蒙托夫和苏联时期的叶赛宁、马雅可夫斯基、叶甫图申科等诗人的影响。我在1990年至2000年用了十年的时间创作长篇历史小说《张居正》，其中给予了我直接的文学影响的作品，就包括普希金写普加乔夫起义的历史小说，列夫·托尔斯泰的《战争与和平》，肖洛霍夫的《静静的顿河》，帕斯捷尔纳克的《日瓦戈医生》。这些伟大的作品，在艺术化地处理历史大事件、大变革与主人公命运的沉浮关系等方面，曾经给我带来过许多启示和思考，给过我直接和丰富的文学滋养。

如果说，诗人普希金教会了我如何抒情，列夫·托尔斯泰、肖洛霍夫教会了我如何艺术化地处理历史题材，那么，另一位伟大的俄罗斯作家屠格涅夫，则是我创作散文的又一位宗师。他的《猎人笔记》，特别是《白净草原》等不朽名篇，是我至今仍然时常重读且甘之如饴的文学杰作，所以，我在不同的场合多次对朋友们讲过，我是一个真正的俄罗斯热爱者，而且怀着一种如同诗人莱蒙托夫所说的，"奇异和复杂的爱情"，甚至也如诗人叶赛宁所言，"连俄罗斯故乡的恸哭我都喜爱"。

　　主持人给我这次演讲的命题是"伏尔加河与长江对话"，那么以上所说的，就是我向俄罗斯伟大的"母亲河"伏尔加河的致敬和回应。那么接下来，我的话题就可以转向我们中华民族的母亲之江——长江了。我很高兴有机会在这里和俄罗斯的朋友们谈谈我们的"长江文明"。因为时间关系，我也许只能把话题再缩小一点范围，只谈谈长江所滋育的上游、中游和下游的诗人和文学家们。

　　几年前，我在北京大学做过一场演讲，题目是"楚人文化精神要略"。这里的荆楚，便是湖北省的代称，长江流经湖北省的这一段，也称为荆江。我在那次演讲中说过，长江与黄河这两条横贯中国的河流，都是养育了中华文化的母亲河。但长江文化如果要做更细致的区域性划分，则可以分为上游、中游、下游三个阶段。上游是四川、重庆，简称巴蜀；中游是湖北、湖南、江西、安徽，简称荆楚；下游是江苏、浙江，简称吴越。我个人的一个发现是：巴蜀出鬼才，荆楚出天才，吴越出人才。鬼才、天才、人才这种划分，并非有褒有贬，而是根据不同的地域文化滋养给予人的禀赋而划分的。长江上游，是中国的西部高原，这里的人得地气之厚，人们得其滋养，想象奇特而神秘，所以迹近鬼才；长江中游，乱山穿凿，平原广阔，蓝天宽广，生活在这里的人们崇文尚武，颇具英雄气概、壮士情怀，所以滋生天才；长江下游，河流如织，平畴千里，中国历史上让人艳羡的江南，便在那里。生活在那里的人们，思维精致，举止优雅，历朝历代，诞生了不少为人楷模的人才。单从文学和艺术来说，长江上游的代表人物有李白、苏东坡、郭沫若、巴金、张大千等；中游有屈原、宋玉、孟浩然、米芾、吴敬梓、曹禺等；下游有王羲之、张若虚、陆游、鲁迅、茅盾、梅兰芳等等。如果把上面这一些名字去掉，中国的文学史与艺术史将无法撰写，因为，他们不仅代表了各自的地域，也代表了整个中华。

俄罗斯的伏尔加河，中国的长江，都是值得世人景仰的河流。它们是地球上两条美丽的蓝色飘带。它们波涛的颜色随着四季而变化，有时浑浊，有时清澈，有时是青黛色，有时是胭脂色。但不管如何变化，它们都是母亲河里丰满而甘甜的乳汁。它们养育出俄罗斯与中国这两大片文化的沃土，养育出两个国家一代又一代伟大而又杰出的作家、诗人、艺术家。在漫长的历史岁月里，有着伟大的思想资源和风格独特的文学传统的俄罗斯，与有着数千年美丽的汉语文学传统的中国，携手世界各国优秀的作家一道，为创造和丰富人类共有的灿烂、美好和绵延不断的文学、艺术宝库，贡献了各自文学传统中最伟大、最美丽的那一部分。我相信，在未来的岁月里，俄罗斯美好的文学传统，与中华民族美好的文学传统，都将熠熠闪光地、永恒发挥作用地存在下去。正如古老的长江和同样古老的伏尔加河，永远不会断流一样！

长江的文学波涛，与伏尔加河的文学波涛的牵手、呼应以及因此引发的美丽回响，不仅有着令人怀念的历史渊源，而且随着"地球村"时代、信息化时代的到来，将拥有越来越多的机缘和可能。当今世界，精神的匮乏远远大于物质的匮乏。病态的社会往往让我们无比惆怅地回望历史，这不是我们恋旧，而是我们在思考：过往的那些文学大师、艺术巨匠留给我们的精神财富，为什么在当下的社会环境中得不到足够的尊重。文学是忧患的，也是敏锐的；艺术是空灵的，也是清醒的。无论是文学还是艺术，它们都是人类心灵的投影，不但充满了悲天悯人的精神，也充满了愤世嫉俗的情感。但这样的文学艺术的传统，似乎正在减弱，甚至正在被抛弃。伟大的经典有时会遭遇解构和冷落，甚至蒙上了灰尘；美好的文学传统有时也面临着遮蔽、断裂和挑战。"娱乐至死"的风气正在席卷着全球。精神的分量日益轻薄，感情的滋味愈发寡淡，华而不实、浮而不定的物质享乐风气，也正在侵蚀着我们高贵的文学艺术传统……

　　然而我坚信，无论是俄罗斯的文学艺术精华，还是中国的文学艺术精华，都不仅是属于自己的祖国的，也是属于全人类的。创造人类最伟大、最崇高的精神高地，永远是人类文明之旅的目标和方向。所以，在这样的现实环境中，伏尔加河与长江挽起手来，共同荡涤文学艺术的颓废，不要让那些光怪陆离的东西以文学艺术的面貌出现，让真善美重新回到我们的作品中，不仅是必要的，也是当务之急的。如果爱我们的伏尔加河，爱我们的长江，我们就更加努力地去思索、去创造吧。而且，我们更需要携起手来，像保护我们共同的眼睛、心脏一样，像保护我们共同的母亲河一样，去珍惜、守望和保护我们美丽的文学传统！

感谢朋友们耐心的聆听,请允许我再次向在座的俄罗斯作家、艺术家以及朋友们致敬。

2014 年 9 月 10 日

在俄罗斯国家图书馆的演讲

张居正变法对当今的启示

非常高兴有机会与国家发展改革委的各位朋友们在一起探讨明代万历时期的改革家张居正。我们当下正处于改革的攻坚阶段，也是第二次改革的深入阶段。前年我写过一篇文章，发表于《人民日报》，题目是《每一个春天都是改革元年》。我们日复一日、年复一年地改革，大家觉得我们究竟改了什么？好像每一天推进的工作都不太多。但对于改革的成果要回头看，回头就有了比较，即我们前进了多少，克服了哪些困难。

今天让我们一起把目光追溯到四百多年前，重温明代张居正亲自倡导并推行的万历新政。我要讲的内容大体分为五个部分。

一、张居正的仕途起步。

习近平总书记在十八届三中全会的报告中提到了商鞅、王安石、张居正这三大改革家，张居正是距离今天最近的一位。他生于嘉靖四年（公元 1525 年），卒于万历十年（公元 1582 年），享年五十八岁。正如诸葛亮在《出师表》中所述"鞠躬尽瘁，死而后已"，张居正就是中国历史上为数不多的死在任上的宰相。

张居正出身贫寒。要论他的出身，可算是明代的"红七代"，据说其七世远祖是朱元璋的同乡，凤阳人，跟随朱元璋一起起兵抗元，建立明朝。遗憾的是他的远祖目不识丁，但毕竟是明代的开国功臣之一，朱元璋对其论功行赏，将他封到现在的湖北秭归做一个基层军事组织的千户长。这个千户相当于我们今天军队建制一个营左右的兵力，千户长由长子世袭。

张居正的祖父是次子，所以他不能留在家乡，必须出外谋生。这种承继制度后来被日本借鉴，长子一旦继承之后，长子以下其余的子女长大了之后必须离家外出谋生。张居正的祖父就迁到了今天的枝城，当时叫宜都。后来迫于生计辗转到荆州，在荆州辽王府找到了一份门房的营生，其职权大体相当于今天的保安。

张居正的父亲张文明是独子，考中了秀才，但是囿于瓶颈，难以更进一步。张文明为了考举人，一辈子应试十二次。按照明朝的科举制度，乡试三年一次，十二次是三十六年，即使按二十四岁考中秀才算，也要考到六十岁。其中第九次是和张居正一起赴试，儿子考了第一，他还是名落孙山。后来张居正进了北京，入翰林院做了翰林学士，他又考了三次，还是无功而返。

张居正天资聪颖，从小有"神童"之称。他出生后有一个很俗气的名字，不叫张居正。相传张居正出生前一夜，祖父饮酒归来，口渴到水缸里去舀水喝，发现水缸里面有一个很大的白乌龟（实际是月亮）。正在此时，儿媳妇动了胎气，生下了张居正。他说这孙子就是白龟转世，所以张居正从小就叫白圭，大约是张文明觉得"龟"字不雅，将乌龟的"龟"字改成美玉的"圭"字。

张白圭考中秀才时年方十二岁，知府接见他问："你怎么叫这么个名字？"他说："我出生之前，祖父看到一个白色的乌龟在水缸里面，因此得名。"知府说："这名字你不能叫，我给你改个名字。"改什么名字呢？居正，就是居正位，可见知府对他的期许很高。

一年以后，张文明带他去考举人。考场之上张居正写的是论三国的策论，因为荆州是三国故事发生最多的地方，关羽葬身地，孔明祭荆州。这篇策论深得当时三位主考官的好感。古代科举和今天一样，名字是密封的，只见其文不见其人。三位考官一致建议，将此文作者列为举人第一名，并把卷子递送给巡抚大人——当时著名的国学大师顾璘审阅。

顾璘也很欣赏他的这篇文章，但是第二天皇榜一公布，既没有张居正，也没有张文明，父子两个一起落选。考官们都大吃一惊，赶忙请示顾大人原委，顾大人解释道："孩子还小，要让他多有挫折，多有历练，如果一帆风顺，中国可能多一个唐伯虎、少一个政治家，所以先杀一下他的锋芒。"这是张居正一辈子的第一次挫折。

张居正十六岁还是以第一名考取举人。嘉靖二十六年（公元1547年），张居正二十三岁，考中了进士。当时朝廷在每届考中的进士里面选出有培养前途的生源送进翰林院深造。张居正就是被选中的一个。

我小时候走到我们家北门，胡同最里头是一间孔庙，从两边的门——耳门可以进，正门不开。我说："这个正门怎么不开呢？"妈妈说："正门要县里出了状元或者点了翰林才开。""什么叫点翰林？""考取了进士以后被送到翰林院去的人，才能开这个中门。"我说："我有朝一日要把我们县这个中门弄开！"从小我就知道点翰林是个多么大的荣耀。张居正二十三岁就被选中了，到翰林院里面工作、进修。他在翰林院里面的职务是什么？先是两年学习期，相当于我们今天的博士生。那个时候的称呼叫"庶吉士"。庶民的"庶"，就是说你还是老百姓。"吉"就是优秀的青年知识分子。你是老百姓身份的优秀青年知识分子，叫"庶吉士"，没有官职。那个时候，博士论文写得好的庶吉士，就可以正式进入翰林院的编制，淘汰的下放去当县长、当县令。两年以后张居正被授予了第一个官职——七品的编修。"编"就是编辑，"修"就是修纂。干什么呢？第一就是整理皇室的文件。第二是检讨，就是研究工作，研究历史，历代政治大事、历代帝王的治国方略等等。这样，他一共在翰林院待了七年，到三十岁。

张居正进翰林院这七年正值奸相严嵩当政期间，他对严嵩卖官鬻爵和皇帝不问政事、一心想炼长寿仙丹看不惯，所以就告病回家，赋闲了整整三年。这三年，他父亲一天到晚在家唉声叹气，原指望儿子成为大人物，结果才当了个七品的小官就回来了。后来张居正觉得如此不是长久之计，三十三岁回京又重新回到吏部销假，三十五岁重回翰林院。

时值严嵩势力江河日下，其强有力的政敌——大学士徐阶开始在朝野之间建立自己的网络。徐阶是松江府华亭县人，探花出身，张居正从二十三岁起就跟着他。那时候徐阶是翰林院掌院院士，是主管翰林院的。张居正三十五岁回来，徐阶职务已经是次辅，相当于今天的国务院常务副总理，仅次于严嵩，已经拥有了人事任免权，张居正一回来就被任命为国子监司业事。国子监相当于今天的中央党校加北京大学。

一年后张居正调任詹事府的少詹事。詹事府是主管储君的教育机构，他就到那里当储君裕王即后来隆庆皇帝的老师。嘉靖四十五年（公元 1566 年），嘉靖皇帝驾崩的时候，张居正一年三迁，先任礼部左侍郎。礼部就相当于今天的外交部、教育部、民宗委等五六个中央机构，张居正是礼部的二把手。接着是吏部左侍郎，相当于今天中组部的常务副部长。接着就是礼部尚书，再入阁当副总理。他进内阁当大学士次辅的时候年仅四十二岁。从三十五岁重新出山，到成为我们今天所说的党和国家的领导人这个级别用了七年时间。

表面看张居正七年时间提升很快，实际上从他二十三岁进入翰林院起，徐阶就看中并精心地培养他。这样到他当大学士次辅，就是国务院副总理这个级别的时候，整整过去了十九年。

二、张居正的改革主张。

张居正考中进士，进入翰林院的时候才二十三岁，不会审时度势，对于严嵩掌权以后的朝纲混乱以及官场的腐败，还不懂得隐忍。二十三岁的年轻人进去交的第一份作业就给皇帝写了一份论朝政的奏章，列举国家的混乱。明代的官方文件里面没有这份奏章，但是在《张文忠公全集》，就是张居正自己的文集里面有这篇关于朝政的文章。这就证明这个奏章没送上去，为什么没送上去呢？因为当时他没有资格单独向皇帝呈交报告，他要送报告只能以翰林院的名义，加盖翰林院的公章才送得上去。我根据明代的办事制度猜想，他是把这篇文章交给了当时的掌院学士徐阶。徐阶一看，好家伙，这个人不要命了！所以徐阶给他拦下来了，没有上报，保护了他。但徐阶也因此看中了这个年轻人，所以才有后来徐阶在接任宰相的时候，把张居正一年三升，最后进入内阁，给他当助手。

从名义上讲隆庆皇帝是他的学生，张居正直言给皇帝上了名为《陈六事疏》的万言书，从六个方面说明国家必须改革。这是一份凝结了个人智慧和实践经验的顶层设计。完成《陈六事疏》以后，他又从省议论、振纪纲、重诏令、核名实、固邦本、饬武备等六个方面提出全面的改革方案。

隆庆皇帝是提心吊胆地隐忍了多年才登基的一个皇帝，就像人长期在水缸里成长，即使把水缸敲破了，也是个罗锅腰，直不起来。

隆庆皇帝始终在一种担惊受怕的环境中长大继位，已经完全失去了革故鼎新、乾坤再造的豪迈勇气，无心大的改革。

张居正畅想，一个三十岁的皇帝，一个四十二岁的副宰相，联手能做很多事情。结果隆庆皇帝只在他的改革方略上批了七个字——"知道了，俱见忠诚"。是说"我看过了，你很忠诚于我"。就这么一个赞颂，批复回来给了张居正。张居正知道，改革的机会还要等待。一个成熟的政治家是要遇到很多挫折的，经过历练以后他才可能变得更优秀。

三、万历新政的推行。

功夫不负有心人，张居正在内阁又苦等了六年，直到1572年，万历新政终于在张居正手上得到了完整的展现。经过二十五年的历练，张居正锋芒内敛，但是变得更锐利，而不是减却。二十五年过去了，他的"中国梦"没有消止，而是愈来愈丰满，愈来愈强大。

关于万历新政，我想分成两个小问题阐述。

（一）万历新政得以展开的背景。

首先，前任三帝尸位素餐。万历皇帝上任的时候年仅十岁，因其父隆庆皇帝酗酒中风驾崩而仓促继任。万历上任的时候，内阁只剩下了两名成员，一个是首辅高拱，一个是次辅张居正。他们是多年的政治伙伴，但因性格不合，同时张居正的上升态势对高拱造成了一些威胁，两个人产生了矛盾。而在万历小皇帝上任之前的三位皇帝，把国事搞得很糟，武宗皇帝十六年，世宗皇帝四十五年，隆庆皇帝六年，这六十七年是明朝中期，也是明朝由盛转衰的六十七年。

武宗继位的时候十六岁，朝中"八虎"干政。"八虎"中最大的"老虎"就是刘瑾。这"八虎"作乱了五年。"八虎"被朝中清明的政治官员设计除掉之后，又出来一个佞臣江彬陪王伴驾。武宗晚期又出现江西宁王朱宸濠叛乱。这十六年，武宗皇帝不问国事，是明王朝由盛转衰的一个转折点。

接着是世宗皇帝在位的四十五年。世宗是武宗叔叔的儿子，跟武宗是堂兄弟。武宗没有子嗣，所以要在皇族的近支里面找一个皇位继承人，找了两个候选人。最终当时的首辅——明代有名的才子杨慎的父亲杨廷和左右权衡，觉得世宗合适，就把他请入北京继位，并跟他约法三章。第一，过继给武宗的父亲；第二以武宗弟弟的身份来继位；第三从此不能提及自己的生父。世宗继位以后想要废除"约法三章"，于是当时朝廷中所有道统领袖人物全部都跟他对抗。明代道统和正统之间的斗争在这个时候达到了空前的程度。杨廷和后来辞官归隐后，世宗就想笼络杨慎。杨慎坚持其父的政见，结果被打断了腿，被流放云南，终身不赦。这样一来，世宗从继位的第一年一直到驾崩，就没有过过舒心日子，而知识分子和朝廷的矛盾也没有缓解过。这就客观上造成了大量的知识分子不关心国事，崇尚空谈，去修佛、谈禅，去喝茶，研究茶道，我国的工夫茶就是在这个时候创立的。世宗当时一心怕他的敌人活得比他长久，总是关心：杨慎现在怎么样了？别人都放了，唯独杨慎不能放，因为杨慎是知识分子领袖。在这种情况下，他就千方百计想要长生不老，便大炼丹药。严嵩就是帮他炼丹、写赞美诗即青词的高手，所以他很信任严嵩，大权都交给严嵩。明朝中期，内忧是由武宗造成的，外患则集中在世宗时期。在南方，东南沿海的倭寇作乱，主要侵袭广东、福建、浙江和江苏。而在北方，鞑靼在河套地区作乱，国家局势可谓内忧外患。

接着是隆庆皇帝在位的六年，内阁成员高拱和殷士儋两个人大搞党争，国事荒废。万历继位之后，免除宰相高拱的职务，让张居正接任首辅。这个事情在历史上有很多非议，有的说是张居正参与了陷害高拱。但是高拱遣回原籍以后，张居正给了他很多的保护，让他安度晚年。

其次，贪官、庸官大行其道。当时国库是年年亏空，北京的潮白河过去叫潮河和白河，这是用张居正上任后批的一笔钱打通的。当时只有这笔钱，要么用于潮白河工程的后续款，要么用于镇压广西荔波的瑶民造反，要么用于新皇帝登基大典的费用，国库里面就剩下这么六十万两银子。虽然国库空虚，但当时北京达贵官人的生活还是非常奢侈的，一顿饭要准备一个月，食材全部是天下奇珍。各大利益集团的盟主们，简直是富得流油。而且北京城号称天子脚下，凤子龙孙，北京的小老百姓都是大爷。地方上的县长、县令到北京汇报工作，大爷都可以欺负你，没有体面，没有尊严。皇帝的圣旨离开了北京就没人执行。前几年有句话叫"政令不出中南海"，在张居正改革之前就是这种情况。大部分官员人浮于事，崇信江湖术士，一天到晚就在北京搞各种堂会，各种交流，大谈玄学，世风日下。

（二）张居正万历新政的举措。

民间有句话，要制服疯牛就要把牛鼻子抓住。张居正觉得其他事情都可以暂缓，但是有一件事情要提前做，就是惩治腐败。惩治腐败真正的目的是要整顿吏制，改变干部队伍的素质和工作作风。治本在这个地方，腐败是标，制度是本。

第一步，他首先在我们祖宗设置的政治制度里面寻找突破口，开始重树"京察"，就是监察所有的京官。过去有这个制度，但考察是走过场，张居正把走过场变成认真考察——第一，所有的局级干部全部由吏部和都察院两家联合考察，所有副部级以上的，就是侍郎以上的官员直接由皇帝考察。考察表设计得非常科学，隆庆皇帝上任六年以来，官员每年做的工作、每件工作的结果如何，一件一件地捋，这是一个内容。第二，不准夸耀自己的成绩。考察表的最后一栏必须写"六年来我没有恪尽职守，去留听凭皇上制裁"，必须统一规格，要听皇上的制裁。这样就为彻底罢免庸官留下了一个方便之门。以此手段，三个月后裁撤庸官贪官三千余人。所有被免职的官员一律在一个月之内返回原籍，不准待在北京，这就分散了改革的阻力。

第二步，张居正创新了公务员管理制度，发明了"考成法"，就是考察每个人的成绩。他把每个官员每年完成的工作做成一式五份的本子——内阁一本；都察院一本；当事的衙门，比如说发改委、国土资源部，主管的部门拿一本；当事的地方，湖北或者江苏，拿一本；

本人拿一本；共这五本。比如说现在讲黄河治理，公布某月某日开会，记得很清楚，哪几个人参加，决定朝廷拨款到什么地方，治理黄河的哪一处堤段，然后皇帝什么时候批复的，都要详细记录。比如说治理黄河的是河南府，河南巡抚收到批复以后，什么时候给黄河治理委员会的，都要签到，然后派巡视组监督，每个进程花多少钱，是怎么花的，干什么事情，这五个本子的记录必须完全一样，超过三年没有完成工作就不予以提拔。这样一来，中央和部委以及地方政府办事拖拉、互相推诿、谈禅论道之风一扫而空，大大促进了工作效率的提高。

  第三步，清理驿递。"驿"就是我们今天说的迎宾馆、政府招待所。"递"就是我们的交通工具。今天我们的公车不是也要搞改革吗？张居正第三步就是搞公车的改革，搞楼堂馆所的改革。

  明代公务交通工具的使用非常泛滥，每年国家财政都要花很大一笔钱在这上面，特别是官员离开北京到地方去上任，地方官员来北京述职，驿馆、招待费用全部由政府开支。起初什么级别的官员坐什么样的车轿、坐什么样的官船都有规定，但是后来制度松弛，每一个驿站的费用都要超出数倍。能够享受驿递的人持有一种牌子，叫勘合，这个勘合是由吏部和兵部发的。这两家合起来发你一个勘合，就是今天的护照。比如说我熊召政使用的是甲级勘合，那么依照制度，允许拥有一台轿车，带五个随从。到明朝中期，接待规格越来越高，勘合发得越来越多。地方驿站的负责人见了勘合，都必须要接待，到最后演变到出境迎接，还要出境礼送，还要赠送当地的土特产，一个官员上任一次，最后七八个马车全是满的，这就滋生了腐败的土壤。张居正宣布废除所有旧勘合，以新勘合为准。新勘合明确规定各级官员的出行标准并严格执行。这样一来，一年能节约几百万两银子，一举弥补了国库的空虚。

第四步，整顿国防。张居正在当次辅的时候分管兵部和礼部，所以对国防工作非常熟悉。他上任之时，东南的倭患已经平息，但是北方的蒙古鞑靼之乱尚未消止。他首先加强军事部署，把戚继光调到北京来，任蓟辽总督。然后加强辽东和山西大同的卫戍力量，从此北京无战事。第二，攒钱修长城，从辽宁九门口一直到居庸关，都是用挤出来的财政收入修的。

张居正用人重贤不重亲。有一个很生动的例子，他的同科进士汪伯昆跟他的私人关系很好，时任湖北巡抚。汪伯昆听说老同学现在当了首辅，欣喜若狂，认为好日子来了，他就写信，想到北京来。张居正还真给了他个面子，把他调任兵部左侍郎，相当于兵部常务副部长。汪伯昆上任后接到的第一件工作就是视察北方九处边防要塞的设施。汪伯昆是个文人，特别喜欢写诗，他出行视察，到哪儿就要把当地的诗人找到一起开诗会，这一路走到辽宁，走到山西，走到陕西榆林，走了一圈回来，比原定计划晚了一个多月。张居正看到他的视察报告，认为他没有做深入的调查，与自己所需要的东西相去甚远，在上面批了八个字——芝兰当道，不得不除，意思是说即使是最好的灵芝、最好的兰花，可是长在高速公路上，也一定要铲掉，因为长得不是地方。

就这样把老同学、好朋友免职了。与此同时，还有很多在过去受过处分的优秀军事将领在他的手上重新获得重用。

他用人还有一个特点，升其职，不挪窝。比如说某个县委书记干得很好，政绩有了，给他升个副市长，管一个不重要的事情，远远没有当县委书记有用。张居正认为如此不行，不利于发挥官员的特长。戚继光的使用就这样，最终他任北京军区司令员挂的是兵部尚书衔，就是给他升到这个级别，但是不能挪窝，还得当这个官。这一点他用得很活，在他手上有处级的县长，也有正厅级的县长。

第五步，禁绝清流。清流是一天到晚议论朝廷哪件事做得不对，但是要真交给他们去做，可能一件事也做不成，所以张居正说官场禁绝清流作风，少议论，多实干。这也是张居正死后墙倒众人推，士族大户的利益集团和清流知识分子联合起来反攻倒算的原因之一。

关于禁绝清流流传着这样一个故事。当时民间的意见领袖叫何心隐，江西吉安人。何心隐一天到晚慷慨陈词，批评朝政是头头是道。张居正在翰林院工作的时候，在一次聚会上，听他夸夸其谈。会毕，张居正一言不发，走的时候慢悠悠地说了一句话："我看你像一只很想展翅腾飞的大鹏鸟，可是你这一辈子就是飞不起来。"说完就走了。何心隐说："这个人是谁？""这是我们翰林院的张居正。"何心隐黯然："他年杀我者，必此人也。"那时张居正才二十九岁。结果张居正当了首辅，何心隐就在湖北被处死。其后，张居正用皇帝的诏旨命令禁闭全国的私学，钳制了言论。从今天的社会环境来看，这一点肯定不妥，但是当时换回了改革的平稳环境。

第六步，也是最艰难的一步——抑制豪强。豪强就是各大利益集团。孟子说过一句话，"为政不难，不得罪于巨室"。就是说要当好国家领导人不困难，只要把各个豪门大户全部笼络好、照顾好，江山就稳固。但是凡改革就是要把这些巨室的利益削弱，把他们的势力减弱。

张居正深知最大的利益集团是皇室，就首先拿皇室开刀，征收子粒田税。过去皇室的成员都有免税的田，就是国家送的，这田叫"子粒田"，一年子粒田免去的总税额相当于国防的总开支。他找到李太后，说服她，让乾清宫的子粒田首先交税。李太后为了儿子的政权同意交税。

宦官集团是第二大利益集团。当时有内相、外相之说，外相就是宰相、首辅，内相就是大太监。太监机构分为二十四局，机构庞大，一年消耗的经费很多。张居正跟大太监冯保约谈，要节约经费，冯保以提拔一个亲信当巡盐御史——当时最肥的一个官作为交换。张居正改革团队核心层的同僚都很生气，说："你老讲改革，老讲要反腐败，这不就是最大的腐败吗？你怎么还答应了呢？"他解释道："为了长治久安，宫府之间不得不做交易。"言外之意，我重用一个贪官，换来杀一千个贪官。我用他也不是说对他放心，而是最终找到更好的证据把他干掉。政治是要讲交易的，是要讲节奏的，否则改革将一事无成。

第三个是清流集团。山东的衍圣公，是孔圣人的后裔，良田很多，每年到北京来朝拜皇帝一次，这是制度。每次朝拜，他都会带很多随从，在孔府里面带很多土特产品，一路叫卖到北京，在北京住几个月，车队再浩浩荡荡地回去。张居正认为，圣人归圣人，规矩归规矩。针对衍圣公制定了严格的规定：每次来京几辆车、几个人、行程是多远、沿途接待的规格是什么。如此一来，很多人就知道了，张居正这个人惹不起。然后是江西龙虎山的张天师，过去是一品官位现降为六品。之前乱赏的官，张居正一个个予以收回。

改革的历程大约持续了六年。张居正一面拨乱反正，一面推行改革，两手都在抓，不是单兵突击，而是协调发展。六年之后，全国的官场风气有了根本的好转，国家的财政状况也有了根本的好转。

有此基础之后，他才推行了改革最重要的一项——一条鞭法。

因为古代最大的资源就是土地，而天下土地的百分之八十掌握在豪强大户的手上，而且其中很多田地免税。这样一来，国家的财税大量流失。新制度的推行非常艰难，张居正和户部一起制定丈量土地的弓，这张弓白天量，晚上收回。层层监控，防止有人从中搞鬼，一定要把真实的数据量出来。花了整整三年时间，多清点出了二千多万公顷土地。在这个基础上，按照这个土地面积来交税，这样一来，土地归属明晰化，重新编制天下黄册。黄册由户部右侍郎掌管，在北京存一份、南京存一份，涉及每一亩土地的使用情况。

土地清点工作完成之后开始正式推行一条鞭制度。这个一条鞭是什么意思呢？过去一个农户交税，分税、赋、徭、役。"役"就是出劳力，比如要河道治理，每家一亩地出十个工，不管家庭情况怎么样，都得出这十个工。然后就是粮，一千公斤粮食分若干个地方交，有远有近，最远的地方有上千里，还得挑着二百斤稻谷到那儿去交，农民苦不堪言，税收管理也非常艰难。后来张居正规定，根据新的土地定额，农民可以不出工，按照当时的物价，一个工是十个铜板，十个工可以出一百个铜板代替。也不用去异地交粮了，就在家门口交钱，有专人来收粮食。这样一来，就把国家管理从以物易物的方式变成货币化管理，促进了社会组织的发育。

这就是张居正改革的十年。其实他还有更大的计划，但是因罹患直肠癌，半年以后死在了任上，享年五十八岁。假设历史再给他十年，中国的资本主义说不定就会提前到来。我们现在学的历史课本中提到的明代中期出现了资本主义萌芽，实际就是张居正的改革促成的，萌芽就是从那时开始的。

张居正的改革还限制了皇室的权力。皇室不能随便动用国库的钱，历史上也是从他这儿开始的。他为了限制皇室消费，搞了两家"银行"，一家叫皇家供用库，皇室用的钱在自己皇家供用库里开支；一家是太仓，归户部，负责老百姓和朝廷官员的费用支出，分灶吃饭。每年年底核定第二年的费用，由皇家的内相和外相联合核定皇家今年有哪些开支，要用多少钱。同时明确了皇家供用库的资产来源——天下的矿山给皇室，流通领域里的专卖权给皇室。天下的赋税归太仓。这种改革是旷古未有的。

四、张居正改革的成果。

第一个成果，重新树立了中央的权威。张居正改革从客观意义上来说延缓了明王朝衰落的进程，没有他，也许明朝在万历时期就完结了。张居正死后，万历皇帝几十年不上朝，国家机器还能够照常运转，凭的就是改革的财富和积累。

第二个成果，促使国家建立了货币化管理的现代制度。大量的社会专业化组织开始发育，商会、工会应运而生。

第三个成果，文官体制得以加强。明代最后完善了文官体制。现在我们说英美的文官体制借鉴了中国，就是总统可以换，内阁可以换，整个文官体制是不动的。在张居正改革期间，出现了终身公务员的文官体制。在此之前，内阁是个办事机构，在此之后它成了中央的决策机构，皇权受到了极大的制约。这是张居正改革最重要的几个贡献。

五、万历新政的启示。

通过研究张居正这么多年，我认为所谓改革就是理顺治理结构，解决资源配置的有效性、合理性，以及财富分配的合理性问题。明代从朱元璋开始到崇祯结束，十六位皇帝，没有明君，但是有明臣，张居正就是明臣，也只有张居正这个明臣。所以有历史学家评价，"明只一帝，朱洪武是也"，意思说明代只有一个皇帝，那就是朱元璋，其他的都不作数。"明只一相，张居正是也。"如果要选两个人来代表明朝，那就是朱元璋和张居正。

明代的清流是很厉害的，不管面对多么强大的权力，明代道统的人物也是不屈服的。在张居正改革期间，明代的清流领袖邹元标——二十六岁的新科进士，在已经有一百多个人被廷杖、被打得鲜血淋漓的时候，敢于递上自己的状子，痛斥张居正是衣冠禽兽，最后被打断腿，发配到贵州。张居正死后，万历皇帝把邹元标当作宝贝，调回京几年之内就官拜都御史，按照今天来说就是中纪委书记。邹元标就任后对皇帝的所作所为嗤之以鼻，写出言辞激烈的意见书呈给万历皇帝，结果又被贬职回去。后来到了崇祯一朝，邹元标又回到朝廷，他晚年做的最大的一件事情，就是锲而不舍地为张居正平反。他是唯一一个被张居正打成残废，最后又当了高官的。明朝还未灭亡之时，他就看到整个明王朝大厦将倾，他拄着拐杖立在崇祯的大殿里长叹：世上已无张居正。我年轻的时候是多么荒唐啊，我去反对他，他才是国家之栋梁。张居正感动了邹元标这样的政见领袖。

张居正任宰相的第二天，给他的同学、当时大同指挥使吴兑将军写了一封信。大意是说：皇帝错爱让我出任首辅之职。我年轻的时候就有一个梦想，富国强兵。今天我能够在这个位子上实现我的梦想了。这就是他的"中国梦"——富国强兵。在实现这个理想的过程中，"虽机阱满前，众镞攒体，孤不畏也"。他是这样说的，也真是这样做的。所以改革第一个启示，就是需要有带头"强渡大渡河"的勇士。

第二个启示，张居正善用政治智慧。革命是暴风骤雨式的，所有的开国之君干的事都是革命，所有的明君干的事则是改革。革命就是要打破坛坛罐罐，从头再来，改革就是要理顺所有不顺的东西，让社会治理得到的一个完善。这一点上，张居正说："毕其一生，我有两个字可以担当——耐烦。"改革要特别耐得下细烦，不要怕麻烦，改革就是把一件一件很麻烦的事理顺，这要有耐心，要有智慧。

张居正的老师徐阶在出任首辅之后写了一个座右铭挂在自己的办公室里面，"还威福于皇上，还利益于万民"。他觉得严嵩玩弄了世宗，老百姓已民不聊生，他要把这个事情理顺，但是历史没有给他机会。要做到这个事情首先要做到两点：第一，要弄清楚什么是皇帝应该享有的威福，威福不是权力的滥用，而是尊严；第二，什么是老百姓应该得到的利益。徐阶提出来一个很好的命题，张居正的改革就一直在做这道命题。

张居正死后遭到了清算，原因只有一个——他得罪了皇室这个最大的利益集团。他虽然保全了皇帝的威福，但是皇帝认为自己的威福应该是无边无际的，而张居正认为这个威福应该是有限度的。张居正的改革得罪了巨室，所以在专制时代他的悲剧结局是难以避免的。

今天我们在推行改革，时代背景、政治环境等因素已经大相径庭，改革的难度比张居正时期要困难得多。首先，张居正改革不必看外国人的脸色，那个时候没有"地球村"这个概念，没有国际大家庭，只有中华大家庭。今天我们推出一个改革措施，美国在看着，欧盟在看着，日本在看着，印度在看着，中东也在看着，中国在国际环境之中既要做好自己的事情，也要照顾到全球的秩序。第二，张居正的"一条鞭法"改革的是国家的税收体制，利益主体比较单一。我国现今所有制成分非常多元，针对每一个利益集团改革的方式也比张居正那时候要复杂、困难得多。但是对于改革的担当和忧患意识，应该是一致的。

我在动笔写《张居正》的时候是 1998 年，设想 2002 年我的书写完，一定是一个子夜，那个时候万籁俱寂，一定是一个秋天或者冬天。来到这一天的时候，果然是一个初冬的晚上，果然也是半夜，我就写了玉娘殉情的这一段。写到张居正的改革最终点，不禁心生悲悯：苍天呐苍天，你们看看挽救了大明王朝的人，只有一个弱女子为他殉情。刹那间潸然泪下。后来想，为什么我对张居正寄予这么深的一份感情，是因为我自己涉世日深之后，知道耐烦的分量，知道政治智慧和勇气是多么难以兼于一身，有智慧的人不见得有勇气，有勇气的人往往智慧又没有那么高超。但是这些都赋予了张居正，却不给他寿命。这就证明我们民族的路还很长，民族的精英们一程一程地在为民族的前途、生死存亡而奋斗。今天也是一样。我们相信，改革的前途是光明的，但道路是曲折的。谢谢大家！

提问 1：熊老师，您好！非常认真地听完您的讲座，感觉您风趣幽默、娓娓道来的风格非常引人入胜。我有一个小问题想请教您一下：每个朝代开始的时候似乎都非常励精图治，然后到中后期就开始腐败，包括明朝也是，张居正改革就是在明朝中后期。您刚刚在讲座中也提到，他的改革实际上只是为明朝延缓了衰落和最后走向灭亡的进程。您刚刚也讲到，他之所以死后被清算，其改革成果都消失殆尽，就是因为他得罪了皇室集团。那如果他前期做好哪些功课，改革的成果就可以延续呢？改革成果如何保持延续性、连贯性，不再反弹？

熊召政：张居正的改革，第一，如果他做好功课，就是把皇室的利益处理好，我相信他的智慧是足够的，但是改革的目的之一就是限制皇室的权力，如果他不去这样做，那就等于没有改革。

第二，王朝周期律好像是历史上一个宿命的问题。世上有民族永远存在，像中华民族、德意志民族，很多都存在，但是王朝不见得都存在。这同样有一个周期律的问题，改革就是延缓它，而不是最终让它永远存在，从历史的规律来看王朝永存这点是不可能的。

第三，我也在思考这个问题，中国两个最短命的王朝对中国的制度创新贡献最大，一个是秦朝，一个是隋朝。秦的度量衡、书同文、郡县制，很多政治制度和社会管理的创新，今天还在用，但它最短命。还有一个隋朝，科举取士，一举推进了中国文官制度，解决了国家选拔人才的来源问题，它也很短命。这就是改革在一种什么样的力度下、什么样的节奏下才不会伤及自身，这是要技巧和智慧的。但是"改革"这个词又决定了必须要改变这些东西，才叫"改革"，才叫"创新"。改掉以后，新的游戏规则对存在于过去的游戏规则提出了新的挑战，这个问题只有留给大智大勇的政治家们去思考解决。谢谢！

提问2：谢谢熊老师。我想提一个问题，回顾中国历代王朝的改革家，其实是不少的，比如说商鞅变法、王安石变法、张居正的改革。在这些代表人物当中，您为什么会选择明朝的张居正？您和他之间有什么渊源，为什么会选择这样一个人物来作为创作的题材？第二个问题，继《张居正》之后，您的下一部作品是什么，能不能透漏一下？

熊召政：谢谢你问了一个我非常愿意回答，也关系到我个人对历史的评价和看法的问题。我昨天说了一句话，在《张居正》著作里面我们看到，很奇怪，他对他前任的两位改革家都有一些瞧不起，他认为商鞅的性格过于严酷，王安石过于一厢情愿，认为他们在政治上缺乏成熟。

我之所以选张居正是因为明代的某一些社会形态跟今天极为相似。当下的中国跟商鞅时代的中国相去甚远，跟宋朝整个的运作模式也不完全一样，但是跟明代很像。我甚至认为中华人民共和国很多社会制度的建立来自于两个体系的结合——苏联与明朝。历史上我们继承的是明朝，引进外来的文化，引进的是苏联，所以我觉得，如果写张居正，对当下的借鉴意义可能更丰富一点，更生动一点，引发思考的空间可能更大一点。这是我选择写张居正的原因。

第二个问题，下一步我想写中华民族的融合问题。我正在写北宋为什么灭亡，北宋的八十万军队，辽国的三十万军队，统统都被打败了。东北的女真人，打辽国的时候只有两万战士，后来发展到了三十万大军；打北宋的时候并没有动用三十万大军，而是右陆军、左陆军各三万人，共六万战士，两万人是怎么打败三十万人的？六万人是怎么打败八十万人的？我正在审核这一段历史。我得出的结论是，不是一个野蛮无知的少数民族打败了契丹人、汉人，而是一个新兴的、健康的、积极向上的政治集团，打败了一个腐朽的、没落的政治集团。他们凭借的是民心和人心思变的社会格局。我们要防止的是积富积弱，而不是积贫积弱的社会状态。谢谢！

提问3：熊主席您好，我想问一个问题。刚才听到您讲，到了明朝后期，崇祯皇帝的身边有一位人士，他看到国家混乱的情况，感慨地说"世间已无张居正"。张居正确实是一个古希腊悲剧式的英雄人物。但是在他死后，他的那些改革措施、改革成果逐渐又被侵蚀掉。您觉得咱们在改革过程当中，究竟是需要一个类似于他这样的英雄式人物好呢，还是建设一个更加完善的制度来保证而根本不需要他这样的人更好呢？谢谢。

熊召政：这是一个老问题，也是一个值得探讨的问题，就是制度与精英这两者我们依靠谁？一个国家的治理，我们是依靠一个好的制度，还是依靠一个好的精英团队，包括一个单位、一个公司都是这样的。

一个好的制度是为了保证好的精英不被扼杀而出现的，一些好的精英也可以保证一个完美制度的诞生。美国的诞生就是几个优秀精英在一起做的事情。所以这两者是互补的，没有好的精英，谁来创造这个制度？没有好的制度，我们的精英怎么脱颖而出？精英和制度这两个东西，我们不要把它们对立起来看，要把它们放在一个问题的两个方面来看待，实际上是一个问题。

辛弃疾当年写过一首词，"我见青山多妩媚，料青山见我应如是"。

精英看到好制度,会心旷神怡;好的制度碰到了精英,会锦上添花。谢谢!

2014 年 8 月 23 日
在国家发展改革委青年文坛上的演讲